客家文学的珠玉 3

曾貴海詩選

曾貴海

横路啓子 訳

未知谷

曾貴海日本語訳詩集によせて

阮美慧

客家委員会による台湾の客家人作家の作品の日本語訳プロジェクトは、実に喜ばしい。これによって、多民族、多言語という台湾の豊かな文化性を示すものとなるだけではなく、台湾文学が翻訳を通じて国際社会へと推進されるためである。

曾貴海（一九四六〜）は台湾南部の屏東県佳冬の客家村に生まれた。客家人作家において、氏は代表的な作家の一人である。なぜなら、氏は詩、文学評論、政治評論といったジャンルの執筆活動を行っているだけでなく、政治、社会の活動にも積極的に身を投じ、台湾の民主政治の発展、環境保護の推進、環境再生などの運動に自ら参加するなど「公的な知識人」であるからだ。このため曾貴海氏はまさに「作家は社会の良識である」という言葉に当てはまる人物なのである。言い換えれば、氏は自身が愛する文学生活において美しい言葉を紡ぎだしているだけではなく、その身をもって文学を実践の力へと昇華しているのだ。

日本語訳の詩集では、一九六〇年代から現在までの約六〇年近くに及ぶ作品が収録されている。長年にわたる創作の歩みにおいては、作品の特色からいくつかの段階に分けることができる。初期は、「林閃」というペンネームで「詩の繊維」シリーズ（一九六六〜七〇年）を書き、若く感受性の強い繊細な詩情を紡ぎ出した時期である。その作品には、まさに繊維のように細やかに千々にその心に絡まりあう情感が表現されている。例えば「怒涛」では「波また波／遥か彼方の水平線／道々転びながら追いかけてくる／波しぶき／岸壁にぶつかり／驚きの叫び声を上げる／／砕け散り／夢の白い花になる」とし、怒涛の波がかなたから一直線に岸壁を打つ景色を描き出している。しかし、「道々転びながら」という言葉はまるで思い通りにいかない現実の試練と挫折にみちた人生の道程において、硬い岸辺にぶつかり、まったく後戻りできない状況のようである。「理想」と「現実」に迫られ、小さく砕け、真っ白なしぶきになる、それはなんとやるせないことだろうか。この詩は技巧的にはシンプルではあるが、「林閃」時代の曾貴海氏の初期の、感性と理性の間で揺れる詩情を鮮やかに映し出している。

長い創作期間の中で、曾氏は高雄に居を転じた時期がある。この時期は仕事に追われる日々が続き、約十年間は創作活動を中断、一九八〇年代になって再び詩の世界に復活する。それらの作品では「ローカル性」と「ヒューマニズム」が次第に強くなっていった。高雄の風景や一般市民の生活の様子を細かく観察し描かれたのが、「田舎女の顔」、「おもちゃの自動車を売る中年男」などの「高雄詩抄」シリーズである。「おもちゃの自動車を売る中年男」では「午後いっぱいかけて／二人が三台を買い／自動車のめちゃくちゃな動きを止めた／ほかの時間は／墜落のまぎわにあるおもちゃの自動車のそばで／彼は一人静かに眠っていた」とあり、詩人のユニークな観察眼を表している。都会は本当の自動車の喧騒にみちているが、「おもちゃの自動車」を売る中年男は、「車」のめちゃくちゃな動きを止める。それは仕事に疲れきった中年男が、時間やスピードに反逆し、それを静止させることはできるものの、彼らが生き馬の目を抜く都会から取り残され、その周縁にあることを示している。現代人が時間に縛られている状態から抜けだし、いかにものんびりとしているものの、現実の生活の中の厳しい試練に向き合うことはできず、社会の周縁に押し寄せられたことを描き出しているのである。こうしたローカルなテーマは、曾貴海氏が社会に対してより積極的に介入していこうとする動きを見せる。自然環境や地元保護を示すものとしては、『呼び起こされた河（原題：被喚醒的河流）』『高屏渓の美しさと哀しみ（高屏溪的美麗與哀愁）』『一片の森を残して（留下一片森林）』など自然環境をめぐる三冊の著作がある。氏が自ら参加した高屏渓という河を救う活動や衛武営公園などエコグリーン運動推進について記したものである。

その後、曾貴海氏は作品に高い歴史意識を盛り込むようになり、生活のローカル性から、自らの位置付けや民族的アイデンティティーへの回帰と方向転換していくことになる。その「根源」的な部分から個人の人生の歴史的ルーツを探り、さらに進んで平埔族や客家族の歴史やルーツといった根源的な探求を始めるのである。昔、台湾はオーストロネシア語族の島の一つであり、そこに住む原住民は平埔族と高山族に分けられていた。清朝末になり数多くの漢人が台湾に移民し、強い文化と経済能力によって平地に住む平埔族の人々を次第に馴化し、消失させてしまう。これについて曾氏は「平埔族の祖先への陳謝」で、「人間のしるしを失い／我々の不確かな部分へと溶け込む／血の源　遺伝子に潜んでいる痛み／母系社会が途絶えた哀しみ／我々が台湾の大地を見つめる時／亡族の悲しみの歌がゆらゆらと湧き出る」と率直に述べる。この詩には、すでに失われた民族への哀しみ、強烈なルーツ探しの意識が刻まれているのである。また、「穀物を背負って走る若い女」、「阿桂姉さん」、「夜合」、「農村の夕暮れ」、「雨の美濃」といった作品では客家人のイメージを描き始める。これらの作品は、自分の民族性と郷土を見つめ直したものであり、そこには客家人女性の強さ、温かさ、包容力、おとなしさなどのイメージが豊かに描かれ、客家人の精神的象徴が示されている。例えば、「夜合」という詩では、「昼間は、花を咲かせようともしない／ことさらに咲いて人に見せる必要もない／／たそがれが迫り、夕日が山に暮れる／夜が忍び寄り山風が湧き出す／夜合の花が／客家人の家や庭にたたずみ／静かに自分の香りを開く」と描かれている。これは「夜合」の花がほの暗い中でほんのりとした香りを放つイメージによって、「女（母）性と土地」のように、静かで地味でありながらしんの強い精神を象徴しているのである。

　自然環境、歴史の根源、アイデンティティーといったテーマの思索と創作のほか、曾貴海氏はまた詩人ならではの敏感で抒情的な面を見せ、視線を自然の小さなものへも向ける。そして、小品として都市の片隅のさまざまな自然の生態を記録し、透き通ったやわらかな驚きを表現し、これによって都会のみにくく冷たい面をやわらげ、さまざまな物象の精神面をウィットにとんだ美しさで輝かせている。特に二〇〇四年以降、大貝湖園区を自分が落ち着くことができる秘境と見なし、毎日散歩して物思いにふけり、自分の人生の命題を考え、その思いを昇華していった。それは騒がしい外部の現実を、静かで悟りに満ちた内部へと呼び込む作業である。氏は自然の物象をもって、命の観照に対する隠喩とし、そこから存在の道理を明らかにする。例えば「春之林」では、「どの枯葉も去っていった／地に落ちる瞬間／その命の唯一の声を発し／世界に別れを告げる／／やわらかい葉は木の枝に寝そべり／体に張り付く日の光に接吻する」とうたう。自然の万物の生命の規則は常にめぐりめぐる。例えば春夏秋冬、日が昇り月が落ち、花が開き葉が落ちるなど、始まりと終わりがないのである。しかし、私たちは常に表象にこだわり、ただ目の前のものに注意をうばわれ、そこにある真の意味を見逃してしまう。枯れ葉が散っていくことを悲しむより、その若芽が芽吹き大地がまた新たになることに喜びを感じるべきなのである。このほか、詩人はまた現実に存在する哀しみに対し、この世の淡い憂いを見せる。「雨の中の支笏湖」では、「顔を覆い隠すほどの／濃霧の支笏湖／多くの寂しさを小ぬか雨にして絶え間なく降らせる／／約束どおりに来た旅人が／空っぽの船着き場にたたずむ／そして静かに雨の中に入っていく／湖畔に漂う雲とともに／旅人は足取り軽く移動する」とある。詩人は、人間や風景に対して、常により多くの理解の視線を向けるのである。この詩で描かれているのは、濃霧に覆われ、小ぬか雨が舞い落ちる中、約束通りにやってきた旅人がぽつんとたたずむ船を見、悲しみに打たれている風景である。だが、詩人は冷静なまなざしでその景色の変化を眺め、ただ旅人が静かに雨の中を行き、それと共にふわりと動く霧や雲、打ち付ける波、寄せては返す波紋が、旅人の淡いメランコリックな心情を表現しているのである。

この日本語訳詩集には、曾貴海氏の各時期の作品が収められており、その詩風の変化がわかると同時に、詩人の多様なテーマと現実に対するまなざしを見出すことができる。また詩を外国語に翻訳することとは、台湾の詩人がより一歩前に進むこと、つまりグローバル化の流れの中、台湾の文学が世界へと羽ばたき、国際社会における台湾の可視性が高まることを意味しており、そこにこそ意義があるのである。

曾貴海詩選　目次

曾貴海詩選

客家文学的珠玉3

translated into Japanese by
Yokoji Keiko
Japanese Edition by
Publisher Michitani,
Tokyo, Japan

A. 1966-1985

『鯨魚的祭典（クジラの祭典）』
『高雄詩抄』

より

草

こうしてこんなに伸びていく
花が咲かないからといって恥じることもなく伸びていく

小さくつつましく生きている
こうしてああして生きている
永遠に頭をもたげないのは
雨風を避けるため
でも　どんな時でも踏んでくる
人　牛　獣の足

それもただ私たちをわずかに屈ませるだけ
もしたまに我慢できない痛みが
うっすら暗い夜に私たちに腕組みさせたり泣かせたりしても
太陽が出ればその涙は乾いてしまう
私たちはめかしこむことには慣れていない
ただ地面を黙々と覆いたいだけ
ぎっしりと覆っていく
でもそれは人間のためではなく
大地のため
私たちも生きていかなければならないから

怒涛

波また波
遥か彼方の水平線
道々転びながら追いかけてくる
波しぶき
岸壁にぶつかり
驚きの叫び声を上げる
砕け散り
夢の白い花になる

荒村の夜の吠え声

寒い冬の晩
冷たい風が静まり返った荒れ果てた村を縛り付ける
人影もない
家屋のすみっこに縮こまった
犬が
どうしようもなく
四方を囲む深い暗闇に向かって
反撃の声を挙げる

この時、私の心には
この世を生きる冷たい吠え声がエコーする

クジラの祭典

誰も受け取っていない知らせを追いかけて
昨夜の穏やかな海へと駆け上がる
クジラの大群
波しぶきが呼び戻せない岸辺に並ぶ
まるで棺桶に入れられた生きた死体のように
日暮れの後の長い長い夜に呑み込まれるのをただ待つ

日の出が彼らの巨大な体を浮かび上がらせ
春風が遠くから吹きつける
驚いた人間たちが

集団自殺を見つける
広く深いあの海を眺める
時に静かで時に荒れ狂うあの海
魂がどこへ向かうのかはわからない

有名な祭典の儀式のように
時間の帯の上で何度も上演される
ある歌が完全に心をとらえたら
大声で歌いながら進む
そこが山であろうと海であろうと火であろうと
あるいは血であろうと

後記：ある国の海岸でクジラの群れが集団で浅瀬で自殺したことをテレビで見て。

サル

サルの祖先は
心の底から
人間のようになりたいと願っていた
人は最も完璧なのだ
と聞いたから

彼方遠くから崇拝していた時代から
ほんの近くまで接近して
最後はただ失意の中　樹上へと帰るしかなかった

庭で新しい服を着たサルはというと
幾日も幾晩もじーっと凝視していて
私を戸惑わせ気まずくさせるのだ

老いた農民

一羽のカササギが、のんびりと憩う牛の背にとまり
日暮れ時にまだ帰らない老いた農民に向かい
イライラしながらカチカチ鳴く
こんなに遅くまで、いい加減にしろ
おまえは大地に騙されているのだと

老いた農民はそれを気にも留めず
腰を折り種をまき苗を植え続ける
空は次第に闇を濃くし
カササギはこっそり飛び去っていった

田畑は今も泥の香りのする肉体をさらし
鋤をもっと深く掘り進めてよと誘惑する

帰り道、夜空の星々を仰ぎ見る
数十年にもなる
結局のところ自分を騙しているのは自分なんだ

鍵

どの病人かわからないが
あたふたと薬だけを持っていき
私のところに
鍵を忘れていった

ひっくり返してみると
まるで外科医の手で切断された足のようだ

錠前を失くしても
このコンクリートとベニヤ板と鋼鉄の都市で

生きていけるのか

休診の後
それを鉄柵の門の外にかけておいた
もしかしたら
彼は今、秋の冷たい無言の街を駆け抜け
探し回っているかもしれない

門はそれを待っている

凧

父さんと紀念堂に遊びに行かないか、子供たちよ
凧を
あげよう
昇っていく自分の心のように

遠くこの都市を離れ
必死に上へと昇っていく
高くなればなるほど
よりはっきりと見える
幼い頃の遥か彼方の故郷よ

田舎女の顔

ついさっき泥の中から這い上がったかのような
田舎女の顔
赤いビニールケースと
男の間にはさまれて
疲れ果てて
バイクのタンデムシートで眠っている
冬の夜明けの五時頃に
ゆらゆらと揺られ
鳳山の辺りから
まだ夜も明けきらない

冷え切った都市へと急いで戻っていく

おもちゃの自動車を売る中年男

おもちゃの自動車を売るあの中年男は
人や車が行き交う十字路に屋台を広げて
しゃがみこんで、両手で頭を抱えている
輸出向けのおもちゃの小さな自動車が
一尺立方の木の箱の上に乗せられ
四方八方に向かってずっと
くるくると旋回して急発進する
巧みなデザイン
車が落ちそうになったその瞬間
自動的にくるっと回って狭い平らな方へ戻る

午後いっぱいかけて
二人が三台を買い
自動車のめちゃくちゃな動きを止めた
ほかの時間は
墜落のまぎわにあるおもちゃの自動車のそばで
彼は一人静かに眠っていた

人

預言者で
才子の倉頡が
この字を創り出した時
それはまさに古代中国のある秋の日だった
強い風の吹く草原に
群を離れた
一羽の雁が
鳴きながら
歴史を切り裂き
空に逆さ書きにしたのだ

男四十歳

もうすぐ四十だ
青年か中年か
分けにくい境界線
古くからの友人たちと深夜まで語り明かす
一人がもう感動できることはないという
じゃあ、自殺してみたらどうかね
と言ったものの
誰もそんなことはしない
毎日同じようにあいさつをして生きている

四十歳の女は二十歳の女ではない
四十歳の空は二十歳の空ではない
四十歳の夢は二十歳の夢ではない
どこで違ってしまったのか
同じ眼　同じ裸体ではないのか

位置が乱されてしまったのか
じゃあ二十歳の少女の体を借りたらどうだ
二十歳の少女の眼
二十歳の少女の夢の入り口
色の異なる少女のベッドに、庭に
枯れた紅葉が
飛び散っている
二十歳の涙は耽美の落ち葉
四十歳の涙は哀愁の落ち葉
ただ愚か者だけが落ち葉なんかを気にしている

二十歳を重ねて時を過ごして
人生の噴水の源へと戻るのである

女の体

多くの男は、心の奥に
こっそりと女の体を隠し持っている
男の体の我々は
この世では
不完全な存在だから
あちこちふらふらと
探し回ってしまう

冬の上野駅
東北行きのジーゼル機関車が動き出そうとしている
凍える北風の中　君は何を見つめているのか
まるで二十年前
台湾の田舎の小さな駅で
涙を浮かべる君のようじゃないか
蒸気機関車はたっぷりの哀愁と私を積み
背中を向けて去っていくのを見つめていた

まだ列車に乗りたくないのか？
駅に入ってきた汽車が出発しようとしている
人形（ひとがた）になった君と私
無常の生の孤独な叫びに対して
心が動かされないとでもいうのか

めがね

いつものようにめがねを外し
床に就いた
夢の中の世界
一幕また一幕と現れる物語は
ことさらはっきり見えるのに
往々にして現実的で美しすぎるか、あるいは
恐ろしすぎて
悲しみに目を覚ます

二十歳以降
近視をずっと患ってきた私は
レンズの先の世界が
真実の世界だと思ってきた
毎日せっせと
その二枚のガラスの水晶体を磨き
美しく新しい希望が現れるのを期待して
そして、月日が過ぎていく中で
現実の直射は眼球の曲率を変え
焦点の誤差を造り出す
そこでまた新しいメガネに変える
こんなふうにがんばってきたが
それでもやはり
俗世間の標準的な視力には達し得ないのだ

感覚

秋のある朝
起きるとすでに満開のバラが
あでやかなたくさんの姉妹のように
ただひたすら地球で咲き誇っていた
ただ風だけが軽く彼女たちを揺らしていた
人々の情念のまなざしの中で

ふと伸びてきた手
棘で血のにじむ指が
強く彼女を摘み取る

バラは生と死の夢から
恐れおののき目を覚ます
咲くのは、ただあの人のため
枯れるのも、あの人のため

B.1978-1998

『台湾男人的心事（台湾男の悩み）』

より

作家の身分証

窓の外には
交配中の花が
不安げに
しおれてかつて母親だった枯れ葉を抱きしめている

部屋の中
揺れ動く愛欲と私的な秘密
叫びながら肉体を踏みつける
なんの痕跡もない静けさだけを残して

作家の肩書へのこだわり
なにをもっておまえがまだ生きていることを証明する
　るのか
宣言でごまかすのは
あやふやな自分
利息と施しで
明日の命の金額を支払う

作家の肩書へのこだわり
魂のさまざまな裸の写真を張り付け
愛と罪の記録でいっぱいにして
新たにまた作家の身分証を申請する

止まっている景色——三女晴匀に贈る

待っている時
互いの追憶と淡い忘却が
たそがれの列車とともに
平原へとその姿を隠していく

一両また一両と
孤独をいっぱいに積んだ酸性の思考が
原野で吠え
駅に着く

プラットホームで、ある美しい少女が
手に満開のヒマワリを抱え
走りながら笑って軽く呼ぶ
愛しいパパ

父親は彼女にキスする
夏の終わりの焼けつくような夕陽が
浮き彫りになった都市をぎゅっと抱きしめる
列車の窓に張り付いた表情が
先に去り行った

一九九二年八月八日　父の日に

男と女

男と女
心の中はいつも嘘であふれている

例えば詩を読むとしよう
その詩は女詩人が書いた「ベッド」だ

数行読み上げて
「春と命がここで尽き死に至る
風も音も息もなく吹き付けていく」まで読むと
心が震え出し

はっとした
男と女
恐れ　真実の美しき黒い詩文

詩集はいつのまにかベッドの下へ滑り落ちた
偶然のかすかな響きが体温の分かれ目を意識させる
朦朧とした中に
室内に滑り込み跳びはねる光を見る

帝国の赤く焼けただれた原野に
奇妙な花が一面に咲いているのが感じられる
絶え間なく
魂と肉体の境界から追いかける
捕虜となった自分を忘れ解放される

窓が開く

陽光が塵を連れて入り込んでくる
室内は詩の余韻に満ちている
でも詩集はどこに消えたのかわからない

平埔族の祖先への陳謝

人類の歴史にかつて出現した民族
台湾の平埔族、我々の遠い祖先は
完全に平原から消えてしまった

ただ人類学の研究報告から
河洛の客家の子孫であるらしいことがわかるだけだ
二重の奥の深いまなざし
かつて存在していた遠い魂

三十数年前、最後の一頭の梅花鹿[1]が

狩りで殺された
おまえたちはもう二度とカジノキの下に隠れて
追いかけ合うことはない

アリッド[2]の祖霊は
空中にふわふわと漂い
昼も夜も荒れ果てた集落の集会所を探している
ヤシの殻の容れ物に満々になった清水が
魂を洗う

堕落した子孫たちは
誰も神のことを知らない

月光が大地を照らす夜
多情なマタ[3]の姿は見えない
花と柳の枝を手にし
鼻簫を吹き口琴をつま弾き

野原のカエルや虫を鳴かせる
少女の熱い熱情をかき乱し
地面の柔らかい草のベッドにそっともたれかかる

春のデイゴ[4]は
やはり種まきの季節を孤独に宣言する
樹上のミソサザイの細く寂しげな鳴き声
樹冠のてっぺんの炎のような紅花は
五百年もの間
平埔族たちの運命の血の花だったのではないか
毎年の春、枝先で人知れず涙を流してきたのだ

人間のしるしを失い
我々の不確かな部分へと溶け込む
血の源　遺伝子に潜んでいる痛み
母系社会が途絶えた哀しみ[5]

我々が台湾の大地を見つめる時
亡族の悲しみの歌がゆらゆらと湧き出る

私はそれでも文献から
血にまみれた両手を
まだ冷え切っていない温度を感じることができる
台湾人がまだ心からの懺悔をしていないなら
誰かが立ち上がって
共通の祖先に対して陳謝しなければならない
慚愧の陳謝を深く深くしなければならない

デイゴの花が再びその部族の人々を手招きする時
どうか手をつないで[6]こたえてください
純潔で善良な平埔の子孫であり
血と涙の歴史のわだかまりを超えて
再生した新台湾人を
花々が見分けられるように

註

1　一九七〇年、台湾固有種の梅花鹿（タイワンジカ）が絶滅したと宣言された。

2　アリは平埔族が信仰する宇宙で至高の神である。

3　未婚の青年を「マタ」と呼ぶ。平埔の人々は、「籠仔」（小屋）、あるいは「公廨」（集会所）と呼ぶ。結婚適齢期を迎えた少女は「籠仔」に住み、結婚適齢期の青年は「公廨」に住む。完全に自由な恋愛をして、相手を見つける。

4　『東番記』によると、平埔族は「山の花が咲いたら耕す」とある。また、萱天工の『台海見聞録』には「デイゴの花が開くのを年の基準としている。赤い花、緑の草の時、女たちはヴェールやメノウなどを身につけ、着飾って出かける。」と記録されている。

5　平埔族は母系社会で、女性たちが共同で子供たちを育てる。

6　手をつなぐのは、平埔族の男女が特定の対象を見つけた時の身体的儀式である。

C.1998-2000

『原郷・夜合』

より

穀物を背負って走る若い女

一九五〇年頃
貧しい時代の収穫の季節
子供は田んぼで稲穂を拾ったものだ

大人は稲を刈り取ると
みんなであぜ道に坐り込んでおしゃべり
ある時
男が若い女性に
穀物の袋をかついで競争しようと言い出した

私は村の若い女が
穀物袋をかついで
大きなお尻をぶるんぶるんと震わせ
屈強な足で
必死に走るのを見た

必死に走る
女の足は
道をけり
まるで大きな鉄の槌のように
一歩一歩地面に突き刺さった
どんどんどんどんどん
びっくりした私の手からは穀物が田んぼに滑り落ちた

目を大きく見開いてその若い女を見ていると
女は笑顔のようなそうでないような顔で

はだしでスキップしながら戻ってきた

阿桂姉さん

村の女性の中で
すらっとして最も美しい阿桂姉さん
目には夜空の星の光がまばたいている

笑うと
まるで一つまた一つとやっと開いたクジャクサボテンのよう
ほほには二つの深いえくぼ
若者を夢中にさせ夜中悶えさせる

横たわった山の頂のような体
泥にはえている木の根のような両足
白い波のように真っ白な肌
地元の米を食べているからこそ
これほど美しく育ったのだろう

ある日
私が伯公廟の木の下で本を読んでいると
彼女は家からのんびりと出てきて
二桶の尿を肩にかけ
竿もその足取りにつれて
右へ左へと揺れながら畦道を歩き
桶いっぱいの小水を
揺らしてこぼした
それは地面にまかれ
彼女の黒い長ズボンと足にかかった

私はなんとなく本を置き
両目でじっと彼女を見ていた
彼女は野菜畑に入っていき
小水を肥料としてまいた
小水のにおいはしなかった　と思う

四十年後
彼女は大学の学長をした夫を連れ野菜畑へと行くようになったとさ

註：
客家の女性は年齢や学歴に拘らず肉体労働や家事をしなければならない。

夜合[1]——妻や客家の女性たちに捧ぐ

昼間は、花を咲かせようともしない
ことさらに咲いて人に見せる必要もない

たそがれが迫り、夕日が山に暮れる
夜が忍び寄り山風が湧き出す
夜合の花が
客家人の家や庭にたたずみ[2]
静かに自分の香りを開く
福佬族[3]の人々は夜合を好まない
それが夜中に人魂のような花を咲かせるのを嫌うのだ

うす暗がりの田舎道で
顔を布で覆った農婦が
夜合をこっそり摘み取る

働き続ける運命にある客家の女性
下女の運命にある客家の女性
夜までずっと忙しく動き
夜にやっと夫にその香りをかがせる

夜
夫が花びらを引きちぎり
妻の体の上いっぱいに散らす
花の香り　体の香りが混ざり合う
家の中に　家の外に

夜合
花が満開になる

註

1 「夜合」（マグノリア・ココ、和名トキワレンゲ）は常緑の灌木で、客家人はよく自宅の庭に植える。オリーブほどの大きさの花を咲かせる。だが、昼間は咲かず、夕暮れ時になるとゆっくりと開き始め、夜に満開になる。「夜合」は、花は真っ白で美しく、すがすがしくやさしい香りで、客家人が好む香りの花である。

2 台湾の客家人は、台湾全体の住民の一〇パーセント程度を占め、桃園、新竹、苗栗に多い。南部の客家コミュニティは、左堆、右堆、前堆、後堆、中堆そして先鋒堆からなり、これは六堆とも称される。

3 台湾の人口で最も多い民族であり、その使用言語がいわゆる「台湾語」である。

六堆の客家人[1]

アジア大陸へと離散した民族は
険悪な台湾海峡に命を預け
南台湾の屏東平原へとやってきた[2]
土地や川　牛や豚　稲に対して客家語で話した

「三山国山の山の神」[3]を招き
南の渓流のそばに腰を落ち着けた
山に頼って生きてきた民族が河岸で生きる民族とな
　った

そして三百年あまりもの間、この土地を守ってきた
多くの祖先の血と汗が河に流れていった
六大集落は大木のように土地に根をおろしていった
含笑（カラタネオガタマ）　樹蘭（ジュラン）　夜合（トキワレンゲ）　そして桂花香（キンモクセイ）[4]に沿っていけば
客家人の家が見つかる
花の香りを愛する勤勉な民族

勉強好きできれい好きな客家人
客家語を忘れるな
六堆の家を離れるな
樹の根が足元の泥土をくわえ込み
地下水をたっぷり吸い
葉を茂らせ花を咲きほこらせるように
代々伝えていけ

台湾という場所はもう客家語がわかる
六堆の客家人を見分けることができる
彼らの故郷への愛を理解することができている

註
1　前出の「左堆、右堆、前堆、後堆、中堆、先鋒堆」のこと。客家が台湾へ渡ったのは、一七〇〇年前後とされる。
2　屏東県は台湾で最も南にある県。
3　客家人の山神信仰。
4　客家人が愛する花には、カラタネオガタマ、ジュラン、トキワレンゲ、キンモクセイなどがある。

農村の夕暮れ

農村の夕暮れ
熟した赤い太陽が
一粒の大円粄[1]になる
まっすぐに伸びたビンロウ樹の間から
ゆっくりと雲の層の梯子を降り
海上でゆらゆら揺れる

夜はまるで細い羽毛のように
農村の静かな田園にふわふわと落ちていく
田んぼの中の人影は

だんだんとわらの棚のようになっていく

鳥の群れが一つまた一つと飛来し
夕日の光をついばんで
巣へと帰っていく

天地は黒い布に目を覆われている
そっと開ければ
大きな月になる

註

1　米であずきの餡を包み蒸し上げた客家人のお菓子。

雨の美濃[1]

霧の白いリボンが丘にまとわる
一筋の虹が
いくつもの山をまたいで
雨の幕の中
東に向かい天の扉を開く

中央山脈の最も美しい娘――美濃[2]
恋しくて離れようとしない女の子のよう
雨が彼女の笑顔を洗い流し
山全体が緑の光できらきらと輝く

八色の鳥と黄色いチョウが
樹林を飛びまわり雨宿りして
空から落ちる静かな雨の音に耳を傾ける

大雨が田畑を濡らす
中圳湖はまだ夢うつつで
雨のゆりかごの歌を聴いている
孤独な煙楼*の近くで
何人かの農夫が遠くの水田で
腰を曲げ　その泥にひざまずく

雨の美濃の山間に入れば
手を伸ばし人々を迎える緑の山脈が
慈愛に満ちた母のようなまなざしで
子供たちが故郷に戻ってくるのを見守っている

大雨があがった後の村の空
鍾理和[3]の永遠に消えることのない文学の輝きが
虹のてっぺんに書かれる
……行ったり来たりするより
……美濃の山の下にいる方がいい

註
1　台湾高雄市にある客家人の村。
2　美濃は中央山脈の端っこにある。
3　美濃出身の鍾理和氏は著名な台湾作家。
＊　タバコ乾燥小屋。

D.2002-2003

『南方山水的頌歌（南方山水の歌）』

より

冬の雪

雪、あの女性
あの美しい女性の白いヴェールを
不器用で凄まじいこの季節に
山に貸してあげよう
森林の顔を覆い
冬眠の静けさの中に隠してしまおう
春は遠くない場所から今まさにやってこようとしてい
る
花を連れて

松の樹の朝の祈り

明け方の青い天壇*
空がきりっと白く明るく気分を拭き取れば
山の松が毎日の朝の祈りを始める

自由は必ず体を移動させることができるのか
生活は必ず複雑なパスワードに満ちているのか
人生は必ず語彙があってこそリアルなのか
存在は必ず豊かで生き生きとしているのか
ただ呼吸することを選び

天を仰ぐ
暗夜の中でじっと考え
四季とそよ風に合わせて楽しさを見せる

山の松の敬虔な黙祷
人に知られたくない祈りの言葉

＊　天（玉皇大帝）の声を聴くために設置された廟。

ルリマダラの越冬のフェスティバル

秋の終わり　決して一頭も見捨てられはしない
一群の運命の謎の歌が
集団での南行の旅路へと呼び寄せる

数千万頭のルリマダラ
しなやかな羽をはばたかせ
三日三晩の空のトンネルとなって続いていく
一寸また一寸と続く島国の山間と波間を見つめている

南方の大河に位置する幽谷の密林

突然騒ぎ出す蝶の姿が
自由の空と枝葉を覆う

春の蜜がフェスティバルの激しい欲情をほとばしら
　せる時
情欲の野の地での遺伝のパーティーが始まる
山中　谷中を乱舞し　揺れ動く重なる影を追いかける

春の終わり　運命の謎の歌が体内で再び低く流れ出す
残った蜜と共に身ごもった体で北へ飛ぶ
越冬のフェスティバルに別れを告げ
祖先の蝶たちの秘密の島めぐりの儀式を繰り返して
　いるのだ

六亀の童話の夜

黄昏がまもなく終わり
夕日は最もあたたかなまなざしを返す

祝福の気持ちが
空を照らし出し
豊かで色彩豊かな絵を描き出す

大地が夜の国境に隠れていけば
一瞬で　童話の世界へと変化する
河の流れは　黄昏の余光によって

紫がかった灰色の光の帯に染まる
橋の灯りは黄色い目をまばたかせ
道路は色鮮やかな蛍光色の蛇になり　うねる

河の流れに囲まれた原野の村落
緑色の瞳で旗信号を送り
静かに挨拶をしあう

夜の母親が
暗い紫の毛布を敷き
天使を迎え
夢を子供に分け与え
真夜中の童話の世界へと向かわせる

高山のバラの顔

人里離れた山の崖
清らかで美しいバラが
ロマンティックな孤独の香りを漂わせる

枝の上の
素朴な夢が
無垢な顔を
揺らしている

夏がそっと過ぎていく

季節の祭典はまさに今たけなわだ
しおれた花で
真っ白に敷き詰められた幽遊たる道
夏、それはそこから
そっと過ぎていく

秋の日の河の谷

大河の夏の日の激情が
平原を超えて流れて行く
東側の山々は次第に落ち着きを取り戻し
端座して荘厳な季節となる
秋の河の流れは
密林の奥からゆったりとやってくる
崖の切り立った面から
秋のアダージョをアカペラで歌っていく

突然開ける谷間
ススキがすべての砂をぎゅっとつかんで
命の努力を喜びで満たす
白く煙った秋の河が
大地の歌を低くうなっている

花の体

夢中になり過ぎて忘れてしまった
自分も花を植える人間であることを

花になりたい思いが
見透かされてしまう

太陽の光がすべての花の花びらを開かせ
神秘的な色の体へと変化をとげる
誰にも知られていないこの喜び

E.2002-2005

『孤鳥的旅程（はぐれ鳥の旅）』

より

はぐれ鳥の旅

茫漠と広がる海
どこへと飛ぶべきなのか

波と陸地の境界の跡にぴたっと沿って
孤独な翼をはばたかせる
寂しい旅は
前方にある信念を隠しているのだろう

人生での短い夢か
あるいは、やりとげるべき夢を追い求める

地平線をただひたすら飛び
どこかの場所へと到着する

あるいは、予測できない運命が
彼を未知の世界へと
追いやっているのかもしれない

防波堤にいる人影

波は今までずっと止んだことがない

港のコンクリートの堤防にいる人影
記号のような映像が
絶え間なく位置を変えている

独りでじっと坐ることは何を意味するのか
二人で連れ立つことは何を意味するのか
皆で集まり騒ぐことは何を意味するのか
別れて離れ離れになることは何を意味するのか

決して同じではない行列が
入ってはまた出て
消えてはまた現れる
波のしぶきが岸を打ち　黄昏のとばりをうろついて
いる

一隻の船が汽笛を鳴らし入ってくる
一隻の船が汽笛を鳴らし出ていく

波は今までずっと止んだことがない

葉が落ちる

不安な静けさが突然音を立てる
風の中を舞う最後の姿
母樹のそばにひらりと舞い落ちる

風が落ち葉のとむらいを吹き消し
花粉の風洞に隠れる
遠くの花は今まさに咲いている

友である羅漢松の言葉

友になってやってもいい
だが、おまえさんの舌音と複雑な気持ちは
わしには理解できん

おまえさんはもっと多くの樹族を植え
涼やかな樹の蔭のもとで
葉の香りが地表に満ちた空気を
巣に帰る鳥の群れを
明け方まで熟睡させなければならん

友になってやってもいい
おまえさんはどうか樹の人になっていってくれ

雨の中の支笏湖

顔を覆い隠すほどの
濃霧の支笏湖
多くの寂しさを小ぬか雨にして絶え間なく降らせる

約束どおりに来た旅人が
空っぽの船着き場にたたずむ
そして静かに雨の中に入っていく
湖畔に漂う雲とともに
旅人は足取り軽く移動する

記憶の地図上の旅のイメージ
果てしない霧を残す
そして船着き場の波紋をなでる

知床の雪の樹上のフクロウ

白と死が覆う知床の極地
冬の最果て
孤立した枝先のフクロウが
全力でその生きている体を守っている

冷たい火
ゆらめく冷たい火
ざざっと寄せる雪の波　昼も夜も押し寄せる
決して消えることのない冷たい火
寂しい林の奥深くに

さらさらと響く冬の叫び
孤絶した生の叫びが
雪国の静けさを切り裂く

秋田へのお見舞い

異国で病床にふせっている義母
もう二度と戻れない義母
何度も何度も故郷の人々のことを話す義母

見慣れたたくさんの顔
ベッドの横で付き添っているかのようなテレビの光が
写真を見つめていると　感情が現れた顔に反射する
もう二度と故郷の土を踏むことはできない

娘をぎゅっとつかむその両手は

まるで終点に停泊するための荒縄が
ゆっくりと緩んで
秋田駅を離れていくようだった

時折沸き起こる思いが
波を起こし
旅の航路を打っている

中華民国のパスポートを手に

スタンプが
写真の顔の上に手荒く押された

自由な鳥となって解き放たれ
はじめて首輪の重さを感じる
パスポートを開き
その重さを首に感じたまま歩き出す

大勢の台湾人旅行者の首輪が
飾られた恥ずかしい身分にぶつかり音をたてる

ボストンバッグに入れてあった
そのパスポートを注意深く手に持つ
さらに国籍のない地球の密航者にならないために
台湾人は一体いつになったら　一斉にそれを破り捨て
うその身分を拒み
美麗島へと変えていけるのだろうか

宇宙への報告

宇宙に報告します
我々は人類に属し
二千数万の地球上の生物の種の一つです
生命はその進化の中で最も巧妙な形をとっており
権力は銀河によって滅ぼされた恐竜をはるかに超え
ます

宇宙に報告します
人類はかつて無数の文明を創造してきました
詩歌の韻は人々の声に流れ

跳ねる音符は心の鼓膜を震わせ
まぶしい色彩は誕生の美と欲を描き出し
魂の知恵は時間の天の川できらめき
歴史の苦難の扉は人間性の輝きをふちどってきました

宇宙に報告します
科学界はすでに遺伝子の謎をひも解き
人類が好む新たな品種を好き勝手に製造できるようになり
五十数億年もの長きにわたる偶然の進化を経る必要がなくなり
次第に神のつらい労働に取って変わるようになりました

宇宙に報告します
人類は地球の色を塗り替えてしまいました
緑の森はすでに生命維持のための必要条件ではなくなり
人類との共存に適した種だけが生存できるようになりました
地表と海洋の汚染は進み
煙突の排気はオゾン層を突き破り
高山の凍った湖にたまった将来の人々への水源を溶かし
陸と海が密接に関連する自然の法則を引きちぎってしまいました

宇宙に報告します
人類はすでに地球を完全に掌握し
多くの国家や社会を打ち立て
その他の生物を統括する至高の権力を手にしました
ですが人間の世界はやはり不公平と偏見に満ちており

捨てられた食べ物は数万倍の餓死をする貧乏人を救
　えるほどです
人類は決定的な武器の製造にしのぎを削り
終焉の日の針は深夜へと進みつつあります

宇宙に報告します
人類が五千数年累積してきた文明は
すでに資本主義の消費社会と新しいＩＴに取って変
　わられました
私達が発明した銀河への飛行船は
エネルギーを使いつくされた地球をいつでも捨て
ハルマゲドンを間近にした地球という母星を離れ
銀河系の新たな種となる準備をしています

宇宙に報告します
私たち人類はすでに命の地図を開き
銀河へと飛び宇宙の生命の景色を探索しているけれど
魂の奥では
孤独にさいなまれているのであります
なぜ生まれ　なぜ死ぬのか
なぜ死んで　なぜ生まれるのか
まるで暗い夜の星の光が心の奥底を照らすかのように

報告者：台湾人
地球の国際組織である国連に属せず
西洋の帝国主義に抵抗する第三世界のメンバーでも
　なく
アジア大陸で捨てられた私生児
アジアの邪悪な帝国の脅しや圧迫を受けつつも
まさに自己を解放しようとしています
もし宇宙に神がいるのなら
どうか神の愛と憐憫の情をお与えください

湖畔の椅子

一人静かに湖畔に坐れば
そこが居場所になる

朝の光が一筋また一筋と樹林を超えてくる
寝転んで憩えば
樹の影が寄り添い
ひたすら光の体をすり寄せてくる

道端の花の虫が
ふらふらと現れ消えていった

一羽二羽三羽　林の鳥は
とまって羽でバランスをとる
誰かが来た
ただ黙って椅子と並んで坐った

跪く

信者の言いつけのとおりに形作り
恭々しく頼まれて人々の厄を祓う
それは神になれば避けられない定めだ

供養の場所をかたくなに守り
黒くいぶされた顔は
出たり入ったりする人々の
腰を折り曲げて祈る姿をじっと見つめ
幾世にもわたる台湾人の告白に耳を傾ける

数百年来の大小さまざまな出来事の中での祈り
燃える灰によって
信仰の爐が落ちていっぱいになる

自由を失った神が応えられるものは何か
自由のない神が開示できるのは何なのか

時間の迷いの航行——江自得「時間ノート」に答える

一、

列車は囲われた風景を超え
ひっきりなしにその容貌を広げ　またその容貌を壊
　していく
一瞬、真実が揺れ動き幻影となる
日が沈むポイントへ向かっていく

日差しで透き通り　透かされた体が現れる
命は急速にその様子を変化させ
狩猟者は暗い場所に身を隠し
車窓の中の不安なまなざしを見つめる

雨風が激流をかき混ぜ
地表の河へと集まっていく

二、

狂おしい激流が
生きるための暴動を扇動する
革命の部隊が交代で登場し
道路の障害物をおしのけ前進せよと叫ぶ
権力は獲物の生きた体を解剖する
河の流れは平野の戦場を貫通する
小さな声が大地をなで
切り裂かれた傷口を元に戻す

なりやまない鼓動が

熾烈な火種を放つ

三、

火のついた女の体が
この世の恥感帯を挑発する
男の体からほとばしる種の液体は
跪いて永遠に消えることのない火花をまき散らす

子房の花を切り開き
純潔なる器皿をむき出しにし
通りかかった虫に体を愛撫させ
根絶やしにする終結の攻撃を拒む

反逆の時間は
運命の憤怒に打たれ逃げていく

四、

互いに喰いあう恐怖から逃げる
地層博物館の痕跡は
人類のあくせくした足跡を記録している
数千万もの災難を経て今なお生き永らえている種

祖霊は魂の奥深くに身を隠し
夜の夢とともに突然ぱっと姿を現し
無数の先祖たちの秘密の旅を物語る
それは手に汗を握るような人類を守る物語だ

やっと火が昇る瞬間が見えた
上った火は時間の帝国を焼き葬る

五、

時間は忽然と姿を消し

果てしない空寂へと落ちていく
ほの暗い心の灯りが点滅している
銀河の木馬は静かに天地を旋回する

始まりはない
終わりもない
至るところに始まりがある
至るところに終わりがある

時間はこっそりとのぞき見ている
星をはるかにのぞみ　また秘境から逃げ出す

六、
海に別れを告げた、雨水が落ちて来た
水の母親は子供たちの両手を引いて
黒い森と原野の家路に沿って

地球をめぐり子守歌を口ずさむ

形があることを放棄した水
献身的でありながら姿を見せない水
地という母の子宮の水を潤し
すべてを施し与えた後また海に戻る

生命の歌を流れる河
時間という堰を超えてほとばしっていく

七、
大地に隠れていた火種を放ち
絶えることのない炎の灯りをともしていく
赤々と燃える炎は生の道を指し
血のように赤い花の祭り歌を歌う

鼓動は星の願いを躍らす
血液は星の狂おしい喜びを歌う
変身したその姿はまるで押し寄せる河の流れのよう
銀河系の孤独で美しいわずかな光をきらめかす

暖かい火が人間の街道を燃やす
両足は踏切の柵が上がっていくのを待っている

八、
鉄の鋤を担ぎ上げ泥地の春を掘り返す
黒い水牛が田んぼの泥の塊をのっそりと歩く
サギが白い信号機を振りかざして
苗がすでに水田に植えられたことを告げる

泥の香りが原野に満ちる
カエルの鳴き声が一晩中にぎやかなまま　夜明けを
　待つ
大地という母の孕んだ体から
すべての子供が生れ落ちる

幕が下りるその時
土で覆い　また子供たちを泥のベッドに埋める

九、
季節は泥のベッドの愛欲を繰り返す
アゲハチョウは越冬し繁栄の儀式を行う
オスのサケは千里を駆け抜けメスに寄り添って殉死
　する
オスのハチは交尾に身を捧げ運命の鎖に託す

太陽の光は情念の慈悲を照らし出し
強烈な愛が花木の果実を熟させる

母体を離れ去ったどの種も
孤独でやり直しのきかない旅へと出る

情念の海が
こっそりとこの世の美しい秘密を漏洩する

十、

湖のほとりのオオバギがびっしりと種を背負って
湿地のすみを守っている
母親のおんぶひもが
眠り込んでいる赤ん坊をきつくしばっている

母親の柔らかな光が
ほの暗い夜を切り裂き
純潔で無垢な顔を見つめている
未来の母親もまもなくやってくるだろう

起きたばかりの赤ん坊を抱く
その唇は垂れそぼる乳房に吸い付いている

男六十歳

娘たちのひとり言

わかりにくく相手をしづらい親父が
リビングとダイニングをステージに
十分間にも及ぶ英語の即席スピーチをとうとうとぶつ
硬く耳慣れない言葉をこねくり
突然、ぎこちないステップを踏みながら
ラップのラッパーのようにアドリブで騒ぎ出す
私たちもついつい笑ってしまう
もしなにかコメントしなければ
客家語でのおしゃべりは止まらない
くるりと振り返り、チャップリンのステッキを放り
　投げ
キッチンの包丁を取り
台湾事情をトントンとひき肉のように刻んでいく
斜めから見た鋭い評論を書けば
私たちになにがなんでもその「台湾料理」を食べさ
　せようとする
何を書いても結局台湾人のことだし
いろいろ書いても結局台湾のことなのだ
その船の国をめぐって波しぶきがとぶ

近づいて見てみると老けたみたい
あまり外に出ない頑固な人だけれど
上の姉を北部まで送った日には
家に戻ると背中を丸めて詩を書く

自分で読み上げるかと思うと突然読まなくなる
ソファに腰かけじっと原稿をにらむ
真珠のような涙が落ち
私たちのそれまでの父へのイメージをおびやかす
昔はコンクリートのようにがっしりと硬かった父親が
今では夏の伏流水がほとばしり河になるかのようだ
おそらく隠してきた温情主義が悪さをしているのだ
　ろう

電話
「はい！　曾貴海ですが。」

「ああ……」

「うん……」

「あ……」

「クソっ……」

「我々台湾人は……」
電話には二人の心の中の怒りが響く
バスケットチームのマイアミヒートのあの巨大な選
　手がゴールを占拠するのを見ながら
私たちが飲み込んだはずの食物も喉を通っていかな
　くなる

彼はだんだん油っこいものを好まなくなった
だんだんうそっぽい食べ物を好まなくなった

敵視する者のナレーション

生まれつきの奴隷が古来からの文明の余韻の深さを
　実感できるのか
体中　植民の傷痕だらけの奴隷が言語の神秘の美学
　を体感できるのか

馴化した奴隷が脳に埋め込まれた秘密の命令を洗い流せるのか
異化した奴隷に自分の鏡像の身分を認識する能力があるのか
混血の奴隷が竜彫りの鳳凰椅に坐ることができるのか
おまえの体には純粋でなく忠誠心もない血液が混じりあい流れている
おまえは信頼することのできない恥ずべき傷痕を残したのだ

エコー

生きる尊厳は誕生しないうちから決まっていたのか
自由は花が開くように自然なものではないのか
愛と公正は遺伝子上の遺伝の欠損だとでもいうのか
高みの危険なビルから降りて来い
平等の橋は
すべての自由な心の道につながり
命はそこで可能なかぎり喜び歌うことしかできない

ハンドルを握る妻

車はなめらかに山の中に進んでいく
山のあのピンク色をおびた艶やかな赤が
緑の山の稜線の思いをきらめかせている
あれは本土種のタイワンモクゲンジ
ずっとこの地を愛している樹種なのよ
私は彼女の細い声を注意深く聞く
そばのカエデが私の網膜に飛び込んでくる
美しい真紅が車窓を動く
妻はやはり道沿いのモクゲンジに眼をやっている

春の夢はあとかたなく

花になった後の夢
四季の花がうつろうのにつれて
あらぶる原始の海が
体内に隠された古代の力を打ち呼び覚ます
新たに眼を開いたほの暗い国の兄弟が
夢の中の懐かしい家に戻り団欒する
時折　心にあふれる親子の情に
出会って見つめる
白い波の高潮の響きを鳴らす
そのままの春の夢が
謎めきながら庭の外の枝で咲いている
その体には数枚の暖かい香りの花びらが付いている

友である樹の心の声

君は人間が打ち立てた迷いの幻境を遠く離れて
私たちの住むこの地をうろついている
君は言葉を捨て
傲慢な知識を捨て
儀式的で無礼な行動を捨て
顔に張り付いた自尊心を捨てて
私たちの異類の友になった
その思いの流れは枝のように柔らかく
意志は根株のように盤石で
心境は深い林のように静かで
眼は巨木のように高くなければならない
季節につれて葉を変え
私心なく花を咲かせてくれ

友よ、人類のかぐわしい香りを嗅がせ

樹と人の純粋の美を分かち合おう

船の国の夢の航行

ずっとずっと昔の伝説だ
たえまなく続く人の群れが
潮の流れにのって船の国へ泳いでいった
海面に浮く死体が渋い塩味を暴く
誰かがジャングルに押し入れば、誰かがまもなく去
っていく

美しいカヌーの国
太平洋の最果ての海域に浮かぶ
散り散りの夢が粉々になった水しぶきを映し出す
深く広い海は土地の祭りを許したことがない
祈りの言葉は穏やかならぬ波に呑み込まれる

夢の終わりに突然　思いもかけない景色が現れる
人々が船の国にぎっしりと立ち
一斉に海に入り海岸や岸壁をつかみ
海のリズムに合わせ混声合唱する
一曲また一曲と世界と空に向かって放つ
無数の手が美しい船の国を押し動かす
ドドドッと彼方へと向かって船旅を開始する
迷いの夢の中、私はそれが真実の物語だと確信した
船の国は確かにある春の夢の朝日の中、海へと出た
のだ

涙が枕のふちに落ちる
それは船旅開始の夢とともに流れ落ちたのだろう

F.2004-2005

『神祖與土地的頌歌（神祖と大地の歌）』

より

阿里山を揺るがした Mayasvi[1]

クジラの体が力強く尾びれをふっているような台湾
それはまさに純白の波を高く捲き上げ
南太平洋の海域で躍動している

島をなでながらそっと子守歌を歌う
地球史上最も幼い　新たに生まれた天地
Ilha Formosa！　台湾！
太古の祖霊の戦う魂が
巨大な波のしぶきの中ひるがえる

三百キロあまりの連綿と続く起伏の地形
二百あまりもの三千メートルもの高山が密集する島
十三族もある古代文明の民族が
四千もの生命が集う森林の里に身を隠している

あの高く誇らしげにそびえる四千メートルの玉山を
　見よ
それはすべての台湾人の子々孫々の霊山
山のふもとにはオーストロネシア語族のツォウ族が
　住んでいる
彼らは厳寒の冬からよみがえる
まるで頂上に立つ杉の木のように

彼らは古代の時代
天の神 Hamo が玉山に降臨し
真っ赤なもみじの木を揺らし

大地に落ちたかえでを人に変え
ツォウ族 Maya の先祖になったと信じている

神の子孫は玉山と嘉義の平原に暮らすようになった
ある日、ある子供が父とともに魚をつかまえにいった
天の神は粟酒をたっぷり入れた瓢で彼をおびきよせる
子供が手を伸ばし酒の瓢をとろうとした時
神はその勢いのままに彼を天上に引っ張りあげ
生活の技と祭典の儀式を学ばせた
五年後、彼は突然空からクバの集会所の屋根を破って現れ[2]
ツォウ族の人々に自分が学んだ知識と知恵
そしていかに神聖なる Mayasvi を行うかを教えた
ツォウ族の神聖なる戦いの祭りが始まろうとしている時[3]
すべてのツォウ族の人々は敬虔な心で天の神を迎える
山のセッコクラン[4]は満開だ
クバ集会所の前のアコウ[5]はもうきっちり刈られている
成年の男女は成熟した魂と体を見せびらかそうとする
太陽が山頂のほのかな明るさの中でツォウ族の集落を照らす時
勇士たちが集会所の前に集まり
山でセッコクランを採集する男たちが集会所に突き進んで行くのを待つ
神の花を皮の帽子と体に飾り
二人の青年が集会所の火鉢から火種を取り出し
聖火を祭典の広場で点け
永遠に消えることのないツォウ族の命の火を昼も夜も燃やす
勇士たちは子豚を刺し殺して鮮血で剣先を赤く染める

豚の血がたっぷりついた剣先で樹の幹を塗りHamo
　に捧げるために
アコウの枝を断ち切って
三本の枝を残し頭目の家に向け
新しい枝葉が風の中で天の神の到来を待つ

男たちと女たちはすぐに半円形になって囲み熱烈に
　戦祭の舞を踊っている
力まかせに魔音のような臀鈴を揺らし鳴らし
時に前に時に後ろに時に左に時に右に幽霊の影を揺
　らし
上下に体を揺らしてまもなく降臨する天の神と戦い
　の神を迎える
平行五度の和声の祭り歌を高らかに歌う
それは滝と山の霊から来る歌声
神とツォウ族に対する思い入れと愛着を歌う

分かつことのできないツォウ族の人々の運命の歌を
　歌う

「天の神よ！
戦いの神の祭りが始まる
ツォウ族全体の勇士が静かな心で
血の生贄を準備し
戦いの神が天の集会所から降臨するのをお迎えします
だから我が族の勇士を輔佐し
戦いの勇しさと力を与えてください」[6]
神を迎える曲（Ehoi）を歌い終わると
勇士たちは手に手をとり前に進んでいき
戦いの神がツォウ族の聖壇クバ集会所にお出ましに
　なるのを迎える
おじたちは生まれたばかりの男の子を抱きかかえ集

会所に行き
粟の酒の盃で神に祈りを捧げる
長老たちは木の棒で青年を打ちすえ
彼らの勇気と使命を訓じ励ます
その肌にじんわりと鮮血がにじみ出るまで
そうしてはじめて成年の儀式が終わる
勇士たちはまた凱旋の文を高らかに読み上げ
新しい力がツォウ族の人々の志気を鼓舞することを
宣言し
互いに相手に自分の英雄の物語を自慢し合う
戦いの祭りが終わる前にすべてのツォウ族の人々が
神に高らかに感謝する
勇士たちは英雄を讃える歌を　声を合わせて歌う
「人首の祭りを皆で高らかに歌おう
狩ってきた人首を前に皆で歌おう
この首を取るのはたやすい
青年を好き勝手に呼びつけ行かせてもいいほど、首
を狩るのはたやすいことだ
首狩りへの小道、まず松林を経て
山道に入り、ヒノキの林を抜け
首狩りの英雄が戻ってくるのを待とう」

「天の神よ！
あなたのための祭典は終わった
あなたのための歌ももう歌い終わった
どうか天にお戻りください
我々はあなたが好きな歌を歌い続けます
どうか我々に力をください[7]」
神を送る歌を歌い終わった後
女性たちはたいまつを見送り会場に入り
たいまつの火と聖火をともに燃やす

大地とツォウ族の人々の命は母系の火種のおかげで
　繁栄できる

戦いの神を見送った後
集落全体は歌と踊りの激しい喜びに浸る
四拍子のステップの鈴の音を鳴らしながら
クバ集会所を震わせ
山間全体を震わせ
すべての跳びはねる心を震わせている
昼間から夜までの山腹の星の光が照らすまで踊る
三日三晩の長いダンスと粟酒
ツォウ族の人々の両目は涙ぐみ
ぶつぶつと心の中の秘密の願いを語る
彼らは失神するまで激しく踊る
また失神から意識を取り戻し激しく踊り続ける
祭りはツォウ族全体の魂を

真の祭りの祭壇の前できつくきつくつなぐ

どうかツォウ族の心の歌を聞いてくれ
一曲一曲高貴で優雅なるツォウ族の歌
単純かつ変化に富んだハーモニーが
山霊の民族の純粋な心の声を響かせている
人類の社会が台湾に残す天人の神曲だ

祭典の成人式の後歌声は次第に小さくなっていく
ツォウ族の若者は魂の声を暗い奥底に閉じ込める
一群また一群と周囲から年配者と親友たちを訪ねる
幼い頃から慣れ親しんだものを触る
集落から持ってきたすべての物品で袋をいっぱいに
　する
夕焼けがまもなくそのまぶたを閉じようとする時
ツォウ族や祖先の神々に手をふって別れる

急ぎの車が山間の石の道を踏んでいく
タイヤは狂ったような速度で集落を離れていく
そびえたつ山は次第に雲間に退いていく
だんだんとスピードを増す中古車
可能な限り速く Hamo が特別に目をかけている集落
　から逃げていく
その命の歌い出す原点から逃げ出す
ゴロゴロとぶつかり合いきしみ合う騒音が
もともと心に響く祭りの歌を覆い隠してしまう
漢人の不慣れな異界に独り戻っていく
Hamo は決して彼らとともに都会へは行かない
さようなら、永遠の Mayasvi!　Mayasvi!
あるいは、来年私はまた集落に戻りたくなるかもし
　れない

註

1　Mayasviとはツォウ族の戦いの祭りのこと。
2　クバは青年男子の集会所で、ツォウ族の政治、信仰、文化活動の中心であり、「公廨」とも称される。
3　戦いの祭りにはクバ集会所の修理、神を迎える、戦いの祭り、男子の赤ん坊の受入れ会、男子成人式、神の見送りと路祭などの儀式がある。
4　セッコクランはツォウ族の戦いの神が王冠に飾るもので、ツォウ族の神の花である。
5　アコウはツォウ族の神の樹である。
6　神を迎える曲。
7　神を見送る曲。

南方の山の民 Maleveq

A

冬の地球から東の海を俯瞰してみよう
北半球の気流が千万ヘクタールの波を動かし
荒々しい黒潮の渦を生み出し
翡翠の魔の海域のように優美な南台湾に流れ込む
中央山脈はここから大地へと隠れていき
空は南北の大武山を隆起させる
海流がパイワン族の領地に流れ込むのに沿って
大武山に生まれた民
生い茂った森は人々に恐れられる勇士を守っている
かつて人の首を刈ることが最高の名誉だった精悍な
　民族
朝がそのまなこを開けさせる頃
働き始め夜まで歌を歌う
台湾の山林で最も優雅な芸術的部族

どの集落でも祖霊の神話が伝えられている
太陽が陶器の壷に卵を産み落とし
孵化してパイワン族の男女の祖先になったと信じて
　いる
女の祖先と百歩蛇との交合で子孫たちは栄えていった
ここから、太陽神　陶器の壷と百歩蛇は
パイワン族の人々の宝物トンボ玉のようになった
美しい玉は神話の永遠に色褪せない輝きを映し出し
　ている

祖先たちが伝えた歴史を映し出している
パイワン族の人々のロマンチックで独特な恋の伝説
　を映し出している
パイワン族の人々の魂の火花を燃やさせ
芸術の民の魂の図柄を生み出したのだ

パイワン族は台東の Padain と大武山の麓で繁栄し
　ていった
ある日、霊界の女神 Drengerh がパイワン族に強く
　ひかれ
パイワンの青年 Lemej をあの世に呼び寄せた
粟の茎の煙に乗り
人生の儀式を学びに空へ上ったのだ
一度目は祭儀用の供え物を選ぶことを学び
二度目はさまざまな食物の育て方を学び
三度目は巫女を擁立する儀礼を学び
四度目は結婚の儀式を学び
五度目はこの世の幸福を祈る秘密を学んだ
Drengerh は太陽が身を隠そうとしているある黄昏時
ついに Lemej の手をとり激しく踊り始め
パイワン族が醸した愛神の酒を情熱的に飲んだ
夜の流れる雲のてっぺんでお互いの愛をきつく抱き
　しめ合い
神と人間という天と地の結婚を成し遂げた
Lemej が彼らの間に生まれた五女一男を連れこの世
　に戻ろうとし
二人が雲の境目をそぞろ歩いていた時
五年ごとに一度会う約束を交わした
五年ごとに必ず恋人のいる谷へと降りると

カエデとモクゲンジが山々を赤く染め

風が山頂から集落へ吹き抜ける
パイワン族は三ヶ月前にすでに祭礼の準備を始め[2]
粟の茎の煙に乗った神と祖霊の降臨を迎える
パイワン族は食べ物と祭礼を準備し
祖霊が集落へ戻る道を補修し
祖霊祭の刺球と刺球の槍を作り
アカシアをそれぞれの彼女の家に送り想いを伝える

神聖な祭りは秋の深まりと共にやってくる
夜の星々はまるで片思いしている恋人の目のよう
手を伸ばせば届きそうな夜空にきらめく
最も輝いているあの星は彼女だろう
でも彼女は本当に彼女を思う気持ちを知っているの
　だろうか
祭典が終わった後、世襲階級による結婚相手決定で
別の男のベッドでの伴侶になり
永遠に心の奥底の悲しみを付き添わせる[3]

淡い憂いは祭典の到来とともに
集落の男女の心を占める
恋人を失う日が間近に迫っているのだ

いつも夜になると、集落のすみにかすかに響く
時に大きく時に小さい鼻笛の哀しみの音[4]
あなたは涙を流す心を聞いたか
あなたは長い間心にしまってあった想いを聞いたか
あなたは一生変わることのない恋慕を聞いたか
一度また一度と青春の暗鬱を訴えるメロディー
涙が鼻笛と頬をしとどに濡らすまで
山間の夜が憂いの重さに耐えきれなくなるまで

B

五年祭が始まる当日
太陽が北大武山から上るその刹那
すべてのパイワン族の人々が頭目と男女の巫師に率
　いられ
北大武山の方に向かって祖霊 Tesmas を呼ぶ
「五年祭の日がやってきた　神霊よこの世に召されよ
豊かな狩猟物を与え五年祭を祝わせたまえ
みなが祖霊の勇ましい事績を見習うよう
祖霊がこの世で刺球をご覧になり
天上の至高至上の神よ　降臨したまえ」[5]

巫師による神霊の召喚が終わった後
人々は祭壇の外を輪になって囲み神を楽しませる
人々の列はパイワンの祖先の百歩蛇の姿のよう
つらなる舞の姿は地上を這う百歩蛇さながらだ
パイワン族は蛇のうねりの一区切りになり
腰を折り曲げ前に進み頭を上げて叫ぶ
連続して人と蛇が一体となったステップを踏み
祖霊を迎え祖霊を楽しませ豊かな実りを祈る
「天神と祖霊をお呼びし
約束の五年祭がやってきたことをお伝えする
祖霊よ、この世に降り立ちパイワン族の祭りに加わ
　りたまえ
祖霊よ、楽しく祭典の踊りに加わりたまえ
どうか片隅に立って眺めるだけのような遠慮をしな
　いよう」[6]

二日目の刺球の儀式がまもなく始まる
参加するパイワン族の人々は順番に英雄の歌を高ら
　かに歌い
互いに自分の勇敢さを見せびらかす

勇士たちが竹竿の槍を手に運命を刺すのを待つ時
巫師たちはみなを引き連れ刺球の前で福を祈る
「祖霊が我々と共にあり
我々が共に彼らに恩を祈らせ
祖霊がもたらした種をまき子孫繁栄することを祈らせ
天神がこの世に舞い降り我々に豊かな実りをもたらすように」[7]

祭司が一つ目の祭球を放り投げる時
祭りの場はすでに熱狂的な喜びに満ちている
放り投げた一つ目の球は「首を切られた人間の死体」だ
刺した者は巫師に運を解くよう頼まなければならない
その後はどの球も吉球だ
健康と幸運を意味する球を刺した時　会場は喜びの叫びで満ちる

豊かな狩猟を意味する球を刺した時　会場は喜びの叫びで満ちる
子だくさんを意味する球を刺した時　会場は喜びの叫びで満ちる
豊かな収穫を意味する球を刺した時　会場は喜びの叫びで満ちる
英雄の勇敢を意味する球を刺した時　会場は喜びの叫びで満ちる
もともと敵の首を突き刺すための竹竿の槍は
祭壇の外の空中をすばやく突き刺し　持つ者の願いを揺り動かしている
ひしめきあい空中の運命の球を突き刺し
将来の五年間の吉凶と福を占う
刺球の儀式の後　すべてのパイワン族の人々は共に歌い踊り

悪霊たちに人々の幸福と楽しさを感じさせ
好き勝手に悪運や呪いをもたらさないようにする
祭典の宴は三日目か四日目に始まる
老若男女が五年という時間のつらさを忘れ
歌いながら踊り
踊りながら歌う
がぶがぶと山の田の粟で作った酒を呑む
みなが星の夜の静かな山間で酔いつぶれるまで

老人たちはずっとふだん歌うことが許されない神の
　曲を歌い
神の授けた福と恩を謳い
先祖たちの栄光を回想し
パイワン族の伝統と家族の物語を語る
五日目になってやっと歌わなくなるまで続く

パイワン族社に戻った青年 Tiagarhaus は
東から刺す強烈な太陽の光に酔いのさめないまぶた
　を起こされる
彼は頭目の家に戻り祖父に別れを告げ
祖父を人蛇の像が彫られた椅子に連れていった
「あなたの名前は我々の聖なる大武山の名前だ
それは Lemej と Drengerh の三番目の子供の名前で
　もある」
その後に異様に小さな声で　ロマンチックで憂いの
　ある口ぶりで彼に言う
「小さい頃、五年祭がまだ外部の人間の侵入がなか
　った時
おまえたちの祖父母は美しい歌声ですべての祭りの
　歌を歌い
共に踊り山全体を歌声と踊りのステップで震わせた
すべての男女は酒と星、月の心からの時間に酔った

私はみながただ体の一部を隠す布だけを残して
上半身裸になり揺れる布きれを見た
それはまるで大地に何も隠さず咲き誇る花のようだ
　った
私は多くの青年男女がその夜の狂乱の中で
互いに一生添い遂げる夫婦となるのを見た」

祖父は語り終わると彼の手を引いて
巨大な屏風の木彫りと室内の壁の彫刻を触らせた
Tiagarhausの手はその彫刻の紋様に吸い寄せられる
これほど古くまた遥かな感情が
若い手と心の奥底に伝わっていく
Tiagarhausは驚き身震いして
しばらく祖霊のトーテムに触れた手を引っ込めるこ
　とができなかった
祖父はまた彼を連れ静かに屋内の立像の前に立った

「室内の壁の彫刻の人像と屋外の立像は
それぞれがおまえの祖先だ
この数日集落に戻って五年祭を共に楽しみ
今後の祝福とご加護をもたらしてくれる
若者よ、おまえが見て触ったのは単なる彫像ではな
　かっただろう？」

下山の前の晩　彼は山腹に横たわり
大武山と天界へ戻っていく神と祖先を黙って見送った
彼は家に戻ると祖父に背もたれのある椅子と連杯を
　くれと言った
椅子の背には遥か昔の祖先の像が彫ってある
祖父は彼の手をぎゅっと握り
今までに見たことのない祖先のトンボ珠を渡した
それこそが伝説の太陽の涙なのだろう
彼の胸元に Coka Cola と中国語がプリントされたT

シャツを見ながら
集落を見渡し青空を仰いだ

おまえたちは必ず我が族の聖地へ帰ってくる
おまえたちは結局我が族の聖地へ帰ってくる
そこは我らの命の始まりであり終わりだ
そこには祖霊の祝福とこの地への愛が満ちている

註

1　Maleveqとはパイワン族の五年祭のことである。

2　五年祭の儀式には、迎霊、福祈願、踊り、刺球、霊を楽しませる、悪霊を追い出す、そして六年目の祖霊送りがある。

3　パイワン族の結婚の制度は主に階級制による。伝統的、未婚の男女は階級を越えてグループで交際できるが、異なる階級での結婚は禁止されている。このためパイワン族ならではのロマンチックな悲恋の物語が数多く作られている。

4　鼻笛はパイワン族が最も哀しみや思いをメロディーに乗せられる楽器で、聞く者の涙を誘い心を揺るがすものである。双管鼻笛はパイワン族の人々に「百歩蛇の鼻歌」と呼ばれている。これは百歩蛇の哀しみが極まった時も似たような音を出すためである。

5　祖霊を呼ぶ歌。

6　祖霊を迎える歌。

7　刺球前の福祈願。

G.2006-2007

『浪濤上的島国（波の上の島国）』

より

水紋

私が君の領土を横切ろうとすると
広がりのある優雅さが昼と夜の奔流を引き寄せる
君が私の領土を横切ろうとすると
川底の砂洲への山間の花の恋慕をもたらす

私が君の領土を横切ろうとすると
夏の嵐がダムを決壊させ氾濫する
君が私の領土を横切ろうとすると
冬の静けさが深い夜を占拠する

君が私の領土を横切ろうとすると
原野の果てにあるジャングルがあふれる
私が君の領土を横切ろうとすると
開いた河口へ向かう流れが無限の海へと注いでいく

果てしない海は二つの漂流する領土を乗せ
激しい水紋はひっきりなしにこそこそ話の波を立てる
境界の砂浜から対岸の岸壁を向いて坐る

渦巻きは澄み切った深瀬へと入る
私の鏡像は君が見つめる両眼を見ている
同じく迷っている体が流れ出し
都市の奥にある庭の景色を映し出す

四季のまなざし

君が振り向けば、ちょうど昼が過ぎ夜が満ちてくる
君はそれでも夜空の星の光のまなざしを燃やしている
春の日、庭の花園をぶらつく

君が振り向けば、ちょうど夜の引き潮を越える
君はそれでも藪の中を抜けてきた太陽のまなざしを
　燃やしている
夏の日、庭の花園をぶらつく

君の静けさは私を深海の水草のように穏やかにする
君が挙げた手はまるで大海の波のように細やかに
海全体の音の箱を軽く叩いている
エコーが潮につれとめどなくやってくる

君が飼っている美しい白い鳥が夜中鳴く
君のあの河が曲がりくねって走る領地
君の咲き誇る花びらがまさに生まれたてのまなざし
　を向け
君の隠れた純粋な美が聖域をそぞろ歩く

君が振り向けば、季節は色を越えていく
君はそれでも時間の明るいまなざしを燃やしている
落ち葉が、庭の秋を敷き詰める

私は寒風の強い国境で冬眠する
暖かい暖炉の火が心の枝葉を燃やしている

大地は無言で冬の日の原野のためにその身を清めて
いる

ノスタルジー

君は少女になり　草原に横たわる
春の日は君の隠した純潔に覆われる
君は横たわり山肌のユリのふちどりになり
土の熱さをそっと吸い取る
君は横たわり　広漠とした恥じらいを感じる
海の風が君の青春の原野を吹き抜ける

君は横たわり　コレクションされた古地図になる
直立した峰が天界の境界にそびえ立つ
暗夜　記憶の河にホタル火が飛んでいる

どの路標も謎めいて怪しげな旅へと誘う
君の想いは山の雪を溶かし平原を潤す
君の四季は原野の鼓動を花開かせる
君は横たわり私の心の山河大地のノスタルジーとなる

君は横たわり　夜の河となる
優雅な山の音は渓流を連れて林に響きわたる
ほとばしる激流が河底を打ち夜の波を巻き起こす
平原の月光に君のたおやかな寝姿が浮かび上がる
君は横たわり　夜の河になる
私は横たわり　河底の響きになる
君は横たわり　花園になる
君の美しさは見つめるまなざしに隠れている
君の美しさは出口のない迷宮だ
君の美しさはごうごうと燃え盛る花の海の炎だ
私のノスタルジーは花の木へと変わる

春の日　咲き誇る君とともに
冬の日　静かに仰ぎ見る

君は私に君という花が咲くとは言わなかった

君は私に何が起こったのか言いたくないのだろう
私はもう隠れた子房の中に包まれている
君は私に君という花が咲くとは言わず
ほほえんでただ驚く私を見つめている

君はかつて岸壁に根付いていた純白の蝶蘭に変身した
開いた花は深い山の静けさを持っている
君は自慢げに花柱をもたげ
裸の男の瞑想を満たしていく
果てまで染みとおる君の香りは
黒い夜をあたたかな海へと融かしてしまう
星空の目は迷える船をじっと見つめ
君の手は夜を行く男をこいでいく

君はかつて大地を覆う花々に変身し
数々の神秘的な身代わりたちを大地に吐き出し落として
出口のない旅路をそこに出現させた
花が落ちても君は私に自分がどこに身を隠すかは言わない
君は私に君という花が咲くとは言わなかった
私は咲き誇る秘密を予知することなどできない
さらに、季節が震える深紅の感情の中で
悩み事は枯れ落ち　そして再び生まれ変わる

君はきつく夜の海峡を抱きしめる

はるか遠くの場所で、海峡はただ四方八方に反響する

砂浜は絶えず迷子になった波を埋める
君は陥落した文明のまちから戻ってくる
その両足は浜辺の月光に濡れそぼり
心は感傷と鼓動の満ち潮で波打っている

月光は波の花を揺らし少女の長いスカートになる
漁船の燈火が海の夜の道をパッと照らす
君は私の腕を伸ばし海峡を抱きしめる

すっかり熟した命を君は持って帰ってくる

遠方の海は夜の庭に回収される
私たちは深く静謐な水域に浮かぶ
群れを抜けたクジラのようになめらかに進み
からまり茂った海草のようにゆらゆら揺れる

君が騒がしい黒い海面へ突然上がっていくと
波の声帯が一斉に君のために声を出す
月の光は君が波の上を歩く後ろ姿を描き出す
水の珠が君の素肌をすべり落ちる
君は砂浜の夜の静けさの上に寝転ぶ
波が一つまた一つと真っ白なかかとに寄せる
星がまたたく羽が上下する君の胸にとまる
どうか声を出さないでおくれ
ぼくは君のそばで世界の言葉に耳を傾ける

私たちはそれでも共通の黄昏と夜空を抱く

私の愛する人、男がしている呼吸から静かに離れる
私の愛する人、男が氾濫する流域を静かに越えていく

男の空から消え去ったまなざしが
孤独の境界でホタル火とともに飛翔する

私の愛する人、プレートはすでに断裂して波の対岸
　になった
私の愛する人、瞳はすでに記憶の門の柱に烙印され
　ている

私たちは時間を失った反響音を共有している
世界はメランコリックだからといって変わるわけで
　はない

私の愛する人、深く沈みこんだ足跡は春の畑の土を
　耕す
私の愛する人、ユリの清らかな美しさは白い野で宴
　をする

君は完璧無欠の花の種を隠し持って離れ
瞑想と夜夢の果てを超えてカーテンコールにこたえる

私の愛する人、心の奥にしまいこんだ思いはもう違
　う顔に育っている
私の愛する人、花のような眼と細い水紋が君の影を

見せる
だが私たちはそれでも共通の黄昏を抱く
だが私たちはそれでも共通の夜空を抱く

妻と白鳥

砂浜の空を数百の　花影のような海鳥が飛ぶ
まだ私たちの心の中のほの暗い部屋を飛んでいるのか
君は召喚されてきた美しい白鳥
すでに海の心である孤島に墜落したのか

君の青春に呼ばれた白鳥
たそがれが留まる金橙色の空の際が
羽の弧の角度を変え生命のダンスを披露する
それはきっと　どの恋人かの一生の中にある予言の
　記号なのだろう

君はバレエのターンをしながら白鳥へと変わっていった
君の喉から出る歌声は白鳥へと育っていった
その白鳥は　ついに私の軒先にとまった
私が空へと延ばす手にとまった

海はたえず波の子供たちを抱いて帰る
君の青春はすべての思いの白鳥を放つ
まもなく消えていくあるたそがれの中　また空へとひっそり上っていく
君が一人飛び立った時　私はきらめく夜の星が姿を現わすのを見た

その鳥たちが離れて行こうと行くまいと
青春の鳥はやはり南の防風林のたそがれへと飛び去っていく
空と海は永遠に美しい舞台をとどめている

後記：妻と結婚する前、たそがれ時の冬の海辺で、数百もの海鳥が低空飛行しているのを目にした。変幻自在の美しい絵画のようであった。鳥たちは約三〇分ほどで海に消えていった。妻は幼稚園から中学までバレエを習っており、音楽学科を卒業した。

美

君は瞬間的に私の驚きを凍結させ　そしてすぐ
君が坐す姿に世界を凝固させた
放たれる冷たさは時間の波を屈服させた

もう言葉にできないほどの完璧さ
絶対的な静かな沈黙の中で微笑する

言葉の花びらが君に触れては落ちる
激しい波はまた景色を蘇らせる
君が隠した海域は無限のやさしい波を寄せる

海なりが軽く部屋の琴の音のように鳴る
まるでいにしえの空間から目覚めたかのよう
君の坐っている姿は遠くの山の麗しさを見せる
和服の曲線に沿って落ちる柄は
優雅に満開の季節を物語る

君は軽くまつげを開く
私は君が声を出すのを心待ちにしている
君がもともと口にしようとしていた言葉が
唇の中に閉じ込められる
はにかんだ表情が声を出すことをやさしく拒む

隠された心の火の光り
時にほんのりと底でゆれる
君は冷たく透き通ったまなざしで

まだ形になっていない火種を消す
雪に閉ざされた富士山がガラス窓に映る

君がどの時空に留まっているのかはわからない
けれど私はまだそこにたたずんで
やはり眼を開いて迷いのまなざしを向けている

ハッピー・アンケート

あなたは楽しく生きていますか
この質問は厳し過ぎるだろう
流行のファッションや災害のニュースがあったわけ
　でもないし
コインの肖像たちが裏切りあったわけでもない

体や魂を売る人間が胸をはって通りを歩いている。
これは楽しさと関係ない
とある有名な女性の性的事件とヌード写真が朝食の
　パンに横たわる。

これは楽しさと関係ない
試験試験試験試験科挙におかされた魂が日夜拷問を
　受ける。
これは楽しさと関係ない
インターネットの終点のない世界にもぐりこみ遊び
　まわる。
これは楽しさと関係ない
マスコミに凌辱され呪いをかけられ暴力され誘拐さ
　れ裏切られる。
これは楽しさと関係ない
新しい武器の火花をともしたろうそくがホームパー
　ティーに突き刺される。
これは楽しさと関係ない
地球の大洪水や救いのないウィルスの帝国の誕生。
これは楽しさと関係ない
私は台湾に生まれ台湾に生きそして台湾で死ぬ
命の流れを台湾にあずけている
これはあるいは楽しいか否かの生長と繁殖と関係し
　ているかもしれない
だが、私はあてどない旅をひたすら渇望している

もう一度質問しよう
もし台湾が生け捕りや狩りで殺されるべきでないなら
君はその命や体をかけて抵抗することができるか
もし答えたくないなら、そんなことをしたくない理
　由を
私にそっと教えてください
私はアンケートを依頼してきた影のボスに密告した
　りはしない
なぜなら君たちは自分と他人をそれほどつらくさせ
　る世界で生きているのだから

ブッダの門は必ず開いている

ブッダは　すべてはあなたのことであり
自分とは関係ない
誰も手助けできない　という
こんな無情な信仰など何のために信じるのだ

門はもちろん必ず開いていなければならない
でなければなぜ門なのか
門はもちろん閉じていなければならない
でなければなぜ門なのか

鍵を閉められ外に追い出され
いつも最も簡単な方法を用いようとする
鍵屋に門を開けてもらおう
鍵を閉められ中に閉じ込められ
いつも最も簡単な方法を用いようとする
鍵屋に門を開けてもらおう

どれだけ捧げてもやはり心のむなしさは埋められない
跪いてただ腰を折り曲げるだけ
数万回の読経をしても心のさざ波が寄せては返す
もともと門が開いていても閉まっていても関係ない
もちろん値引きや駆け引きしてもいい
割引してもらったり会員証を申し込んでもいい
一生信者の身分と制服を手に入れられる
知恵を授けてもらい悟りを開いても
五体投地の礼をする手続きを依頼しさえすればいい

のだ

ただ永劫輪廻から脱することは決して保証できない

ブッダ曰く、説法相は法ではない
仏法は結局法でもない
たとえ経文を使って脳を叩き壊したとしてもどうに
　もならない

あなたたちの努力はむだな動きに過ぎない

悟りを開いた孤独な友がそっと話す
法は裸の肉の中に隠されている
名声が散り果てその身に何もなくなるまで
潔白な月光が照らし出せない幻影こそが
門のすきまからの光を涙の眼に垣間見せてくれる
混沌とした果てのはっきりしない暗い大牢
大胆に欲界天と地獄門を打ち破る

そうして初めてこれがただの慈悲の茶番劇だと悟る
　のだ

ブッダはまたこれはすべておまえ自身のことで
自分とは関係ない
誰も手助けできないという
こんな無情な信仰など何のために信じるのだ

それならあなたはできればブッダに決着をつけに行
　った方がいい
門は必ず開いている
仏は無言で微笑み　あなたが来るのを待っているのだ

都市公園のたそがれの構図

私は人間とともに現れる
人の群れは足取りとともにばらける

公園のたそがれは突然ぱっと明るくなる

一匹の犬が美しい服を着こんで
やわらかい縄の端の少女をしばりつけている
母親は少女の影にぴたりと寄り添って散歩する

老人が車椅子を手で押す

死がもう一方の手を伸ばし手助けする
車椅子に乗った老婦人は曖昧な世界の端をじっと見る

電動の車がくさむらの中に突っ込む
子供たちがななめになりながら追いかける
若い母親が子供の笑顔につれて遊ぶ

ホームレスが自転車に置いてあった物を全部つかみとる

なにも持ってこないし
なにも持っていきたくない
ただ冬の静けさを見ているだけ

アサガオはたそがれの残光をまだあきらめようとしない

花が別の花によりかかり坂に寝転び

誇らしげな満開の花は冬に暗鬱な顔を見せている

周囲にはたそがれの焼け焦げたにおいが漂っている
天幕の光りは夜明けの序曲の低音を響かせ初め
夜は次第に都市のワイングラスを満たしていくのだ

パイワン族の母親の織物の染色

漂う山霧がパイワン族の母の心に満ちていく
息子の Tiagarhaus[1] は　集落に戻って五年祭に参加することはできない
衣装袋の手紙には「ぼくは星のない都会に閉じ込められています」と書いてある

初冬の大武山のふもとはまもなく降臨する神祖を待っている
集落の静けさは祭司の祝詞のよう
神祖は大武山の頂上からパイワン族の人々をじっと

　見ている

凛と冷たい風が山間の東北の方からぴゅーっと吹き
　込み
まさに盛りの山桜に吹き付ける
幼いつぼみは突然に咲くことを選ぶ
落ちた花びらは風とともに河道を漂い続ける

パイワン族の母の刺繍針は彼女の思いのように行っ
　たり来たりする
都会の息子は今年本当に帰って来られないのだ
五年祭で神祖の祝福を受けることができないのだ
彼は都会の高層ビルの影の中に閉じ込められている
母親の手は刺繍針とともに都会の方角を指す
たとえ山腹にのぼっても見えない文明人の町

彼女の最初の一刺しが短い上着の襟足を通れば
息子の顔が服の出口から出てくる
都会の空の窓から東の大武山が見える
針は再び襟足と袖口にそってかすかな哀愁とともに
　滑っていく
一針一針やさしい母の暗号が縫い込まれ
短い上着全体を涙の色で染めていく

戻ってこられず五年祭に参加できない息子
たそがれの灯が差す街角に隠れる
山にはげんこつのように大きな星が夜空にぶらさが
　っている
それは Tiagarhaus のあの大きく黒い目ではないのか
毎晩毎夜パイワンの少女の夢のスカートを赤く燃やす
彼女は最も大切な心を集落に集めている

彼は神祖のそばに戻ることはできない
彼は都会の女の情欲の炎によってベッドの上で焼か
　れてしまう
彼はたそがれの孤独な女体に染まりベッドの上で食
　われてしまう
彼は三百年余りものかび臭い布団にベッドに押しつ
　ぶされてしまう

母は息子がなぜ戻ってこられないのか想像もつかない
彼女は祖先の影と百歩蛇を袖口に刺繍し
最も大切なトンボ珠を胸元に縫い付ける
息子の跳びはねる心が一分ごとに一秒ごとにパイワ
　ン族の魂の秘密に触れられるように
彼が時折キラッと光る神珠
その太陽神がパイワン族に残した涙の光りに目をや
　るように

女が隠す裸体の隙間から透かして見えるまなざしの
　わずかな光は
母が山腹に立ってじっと見る影を反射している

註

1　Tiagarhaus は大武山の名称でもある。

植民の亡霊は遠ざかったのか

植民の亡霊は遠ざかったのか
でなければ、君ら女（男）たちはなぜそれほど冷た
　いのか
銅像は凝り固まった位置から降りてきて
中正大道の通りや広場を占拠する
群衆の歓喜の声の中ペンキで真っ赤に染まった宣伝
　カーに乗り
立候補している孫中山の看板にほほえみ
島国の上空で揺れるベゴニア[*1]に向かって直立し敬礼
　する
植民の亡霊は遠ざかったのか
でなければ、君ら女（男）たちはなぜ握っていた五
　本の指を開くのか

最高議会の殿堂は
とっくに射撃練習場に改装された
主席台の上のダーツの的は
島国の地図が横たわる姿でかかっており
頭部胸部腹部および手足の得点が書かれている
台湾を打ち倒す

植民の亡霊は遠ざかったのか
でなければ、なぜ君ら女（男）たちはただひたすら
　沈黙しているのか

戒厳の暗夜の魔笛の音が路地をすり抜け
冷え切った学術の暗室に身を隠す
一字一句一行一篇一冊のさまざまな形態に姿を変え
より魅惑的な新生児を生み出す

植民の亡霊は遠ざかったのか
でなければ、君ら女（男）たちはなぜそれほど柔順
　なのか

亡霊は衛星のインターネットテレビの電線をつたっ
　て窓を突きぬけ
リビング　電車の駅　空港　レストランと人の群れ
　を占領し
新しく独立した台湾メディア共和国の成立を宣言した
市民のうつらうつらした寝ぼけた脳みそを舐めながら
君にキスして怒らせ君ら女（男）たちの沈黙にキス
　する
「全民開講」[*2]では植民地台湾を論じ
台湾人に変えることのできない凌辱と劣性を黙認さ
　せる

革命者は革命の記念品を晩秋の空に展示する
革命者は革命の歴史を後退していく道路に書き綴る
革命者は革命の証拠として盛大な式典を開催し見せ
　びらかす
革命者は初春の狭い登り口に閉じ込められる
だが証拠は寒々しい冬の枯れた荒れ野で失われ
終わりなき冷え冷えとした島の波に流し戻される

植民の亡霊は遠ざかったのか
でなければ、君ら女（男）たちはなぜしっかりにぎ

った手を緩めるのか

植民者は島国の新しい全部のすみかを改めて発見した
山上の森林　都市のアパート　村の野原
九つの頭の奇怪な龍の母体の繁殖場で
君ら女（男）と友人や隣近所の心の奥で

植民の亡霊は遠ざかったのか
でなければ、君ら女（男）たちはなぜ警戒心を完全
　に失ってしまったのか

彼らは歴史で失明した目の中から復活する
彼らは苦難で記憶を失った国境から復活する
彼らは柔順な魂の中から復活する
彼らは共犯の身代わりから復活する
彼らは枯れてしぼんだ帝国の大きな夢から復活する

植民の亡霊は遠ざかったのか
でなければ、君ら女（男）たちはなぜ島のさまざま
　な神をまだ祀るのか

松林のそよ風は四季の悲哀とともに大地の顔を吹い
　ていく
島国の音の波は毎日毎晩夢の花にしぶきを散らす
河は何の恨みごとも言わずはるか遠くの山奥から隠
　されたメッセージを運んでくる

私たちは大地がある　平原がある　高山がある　河
　がある　海がある
ここで無数の美しく生き生きした命と
そして愛が育まれる

私たちの心のすべての愛は
なぜいまだに植民の亡霊のいない世界を有すること
ができないのだろうか

註
＊1　国民政府が想定していた「中華民国」（中国大陸などの領土を含む地域）の比喩。
＊2　テレビの視聴者参加型トークショー。主に政治問題についてディスカッションする番組。

ミックスジュース

彼はついに見た
たそがれの幕
彼は待っている
かつて汗まみれになったあの顔は
昔の約束を忘れてしまったのではないか
彼は他の人に付き合いながら
誰かが来るのを待つしかない
彼はミックスジュースを注文し
たそがれが人々を追い払うのを見ていた
時間に追われている他の集団

少女の手提げにペットの犬がつながれ
遠くない場所に坐っている
大声で一杯のミックスズースだかジュースを注文し
　た者が
携帯の銃口を開けると　すぐに逃亡した
彼が待つその人は
資金ショートかなにかが起きたに違いない
彼は言い訳でもするかのように頭の混乱を押さえこ
　もうと
口にストローを噛む
そしてやっと　それは自分が飲みたかった味ではな
　いと気づく
店員の困惑した顔つきは彼の迷いを深める
ミックスジュースはそもそもなにかの果物の味では
　ない
その味の運命は

カウンターの中でとっくに決まっている
彼の心の中にはガラガラと
空洞ができあがる
こんなジュースを飲んだら
しっぽをふる忠実なイヌになってしまうのではないか
彼はまたあの待たれている仲間たちを思い出す
ズースかジュースか本質的にはある種の
不確実ななにかの汁を
一緒に混ぜてできたミックスの感情
たそがれはもうビルの３階の高さまで来ている
ビルの壁の美女の大きな胸が
次第に暗くなっていく都市のたそがれを支える
政党の候補者が看板に立って
こぶしを振り上げ夜明けまでねばる
彼はただ街角へと入るしかない
街頭は突然その目を一斉に開き

孤独な影を監視する
彼はついに待つことを
あきらめ
待つ気持ちをその空いた場所に残していった

遅れて来た歴史

あまりの静けさに空気も落ちてきそうなある早朝のことだ歴史が竹林の小屋に私を訪ねてやってきた彼は台湾特有のユリを携えてきた満開の花びらはいまだルカイ族の女神が残した香りを漂わせていた

「あなたは早くにこちらにいらっしゃると約束してくださったはずだ
あなたは人間が予想した時間よりずっと遅くいらっしゃる
遅れてきた姿は補いきれず申し訳ないという思いを

隠し持っていらっしゃる」
「君が遅れてきたつらさを伝えたいことはわかっている
確かに何度も私の前を通り過ぎては理由をつけて去っていった
本当に最初の一言は口にしにくいものだ
君たちのつらさはまったく近代史のジョークのようだ」
「あなたは私たちの歴史が最初から間違っていたことを暗示しようとされた
四百年あまり前には　その足跡がここにつけられた
あなたは戦艦が太平洋と大西洋に入ることを阻止されなかった
台湾はむりやり開かれた太平洋のただの大きな貝に過ぎなかった」
「歴史は送検者の歩みとともに見知らぬ荒野へ向かう
歴史は誘拐した者に何が正しく過ちなのかを忠告できない
私たちは客観的な記録をすでに起こったこととするしかできない
私たちはまたしょっちゅう監禁されて発言できない」
「あなたのことをペンで記録したのは一体誰なのか
それは発見され解体された原住民たちだ
それはインクを使い書かれた言葉だ
それはあなたの悪と恥を隠し続けている
それは一九四七年台湾二二八事件の亡霊たちの自白書でもある」

「おまえたち台湾人はもちろん私に根深い不満を抱
えているだろう
おまえたちの苦難は私のファイルの中で今も血と汗
の生臭いにおいを発している
おまえたちは西来庵の抵抗と暴力の中でも灼熱の太
陽に焼かれはしなかった
異常な歴史はその後もいくつかの道を開いたが
おまえたちはさらに暗い深淵を選んだ
その生存欲求は雑草のようにしたたかだ
すでに土地に深く根差した根っこを誰が取り除ける
だろうか」
「なぜ輪廻の苦難は波の日々の衝撃とともに来るのか
四百年あまりもの間苦しみから逃れられない潮が
純潔なユリを島の白い灯の旗をなびかせる」

「君たちは上陸した者の歴史の真相の記録は事実に
そったものではない
一波また一波と強烈な雨風が溺れる原住民を襲う
略奪者と君たちは共に彼らの心を奪い
彼らの母語の舌を切り取り
彼らの祖霊を監禁し
彼らの土地の百歩蛇の先祖を刈り殺し
彼らは今もまだ失ったすべてを探してさまよってい
る」
「歴史とは虚構の言葉で織りなされたものだとあな
たはおっしゃる
どの上陸者たちも本当の懺悔と贖罪をしたことはない
新しい上陸者はとっくに岸を離れた上陸者を狩猟し
捕まえる
歴史はまた新たな輪廻で同じ軌道に入り

迫害する者と迫害される者の宿命のリングの中で終
　わることのないシナリオを循環させ始めると」

山腹の低い海抜のところは濃霧に覆われぼんやりと
していてはっきりしない揺れる巨大な白い服の中で
五本のろうそくの光がゆらめいて歴史と私たちの沈
黙の間で光を放つ私たちは集中した念によって隠さ
れたうそから人類のまことの霊地へと入っていくの
であるしかし私たちを取巻く時間はそのすぐそばで
私と歴史の次の対話をただじっと見つめている

「古い統治者が駆逐されても
新しい統治者はその旗と顔をただ変えただけ
おまえたちはそのたびに愚かにも新しい植民者の甘
　いうそを歓迎する
西の海賊は船に乗って戻ってくるが
東の海賊は草原の腐食した動物がだんだんと崩れ落
　ちていくように
上陸すると見つけられるすべての食物をあさった」

「私たちより先に来た民の多くは苦難の歴史に追い
　立てられてやってきた
死の黒い潮流とともに水面に浮き
先を行く者の屍を踏んで上陸した
彼らは産まれたばかりの子供をこの土地に託し
隊を抜け二度と離散した民族にならないように
島国に永遠の名前をつけた」

「私はあなたの偏見と執着には同意しない
多くの台湾人はただより多くの財を所有することだ
　けにあくせくし
この土地の母を無情にも貢物と交渉のカードとしか

見なしていない
まさに宝石の邪悪なまなざしに破壊されたフェニキア の国
あなたたちは歴史の長期的な視野に欠けている
さらに誰があなたたちの親であり友人であるかわかっていない」

「歴史はむやみに私たちの魂の構造を判断することはできない
苦難は私たちに奴隷の悲哀を見せる
植民者は慈悲の心を持つことはできない
歴史はなぜいつも略奪者の側に立つのだろうか」

「おまえたちはいつも植民者の本当の顔を知っていると誤解している
おまえたちが崇める神はあの世界からきた

黄帝の竜の体がなぜ人間の形の子孫が生まれるわけがあろうか
まさかおまえたちが生きた歴史の王道とは暴竜の化身なのか
おまえたちは偽善的な銅像をも見分けることができない
銅像はそれでもおごり見下すまなざしで信仰を読み上げる
おまえたちの意志はまるでゆりかごの柳の枝のように弱い」

「私たちはかつて圧迫者に反対しこの地を血まみれにした
私たちはかつて統治権力の犯人に反抗し街頭デモをした
私たちはかつて永遠の夜明けの光のために青春を犠

牲にした
私たちはかつて運命の両手で島国をつないだ」
「私はおまえたちが運命の主人になろうとすること
を否認しない
しかしおまえたちの固辞は情熱の薪だけであるべき
ではない
燃えたとたんにすぐ消えてしまう
一七二一年朱一貫の登場はまさに騒がしい茶番劇の
ようだった
おまえたちは私の体に永遠のあざを刻む資格はまだ
ない」
日差しで濃霧が少し追いやられていった窓の外では
竹林とたたずんでいるセンダンガジュマルクスノキ
とキリが浮かび上がるタイワンガビチョウは竹林で

次々と美しい声で鳴いているここはかつて平埔族の
狩場だったのだ歴史が次のステージへの準備をして
いる私はそれを簡単に行かせはしない歴史が前にあ
る霧林の中に入ってしまえば一体いつになったら歴
史にその真相と島国の運命をもう一度問えるかわか
らないからだ
「私より苦労をしていない多くの人々でも歴史の賞
品を手に入れた
苦難がこの孤島の永遠の宿命だとでもいうのか
私たちの高山は命の奇跡を見せ続けてきた
これほど多くの美しい命の群れが単に新たな植民者
への捧げものになるべきではない」
「私は去っていく前に歴史の評価を述べないわけに
はいかない

おまえたちの魂は集団の高尚さと信仰に欠けている
おまえたちの魂はまだ盗んできた抜け殻に寄生している
おまえたちの血液はまだ祖先たちが常に準備していた避難の影に揺れている
一八九五年の台湾民主国の旗はただの汚らしいテーブルクロスに過ぎない」

「おまえの批判は単に一方的に圧迫された者の過失を指摘しているだけだ
おまえの記録は明らかに書き換えられている
おまえの客観も圧迫された者から受けた賄賂ではないのか
歴史はずっと圧迫者と略奪者の英雄の詩だ」

「私はおまえたちの心が運命へのやるせなさと不平に満ちていることを知っている
おまえたちはこの世に当然あるべき正義を理解しなければならない
正義は身をささげようとする人間にのみ創造しうるものだ
それはおまえたちが植えた花や木のように
土地が神々のいる季節に思いきり咲き誇るだろう」

神が去っていこうとしたので私は神を引き止めもう
一度私たちに忠告と祝福をくださるよう頼んだ神は
きびすも返さずゆっくりと去って行った私は神がど
こへ行くのかわからないし次にいつまたやってくる
のかもわからないそれは静まり返った寒い夜なのか
花が咲き乱れる太平洋の春なのか私は神が最後に敬
虔な低い声で話すのを聞いたような気がした

「植民者の魂はやはりおまえたちの心と体を占領している
島の多くの人間はもう徹底的に改造されコピーされてしまった
おまえたちの半数以上の人間は手を上げ自由人の意志表示することすらしたがらない
おまえたちはまだ歴史が与える卒業式を受け入れる準備ができていない
おまえたちは一点一跳ね一字一句を一代一代書き継いでいかなければならない
おまえたちのとらわれた歴史を解放するために
おまえたちの歴史の体と心を解放するために
無数の植民の幽霊を消すために
おまえたちの土地と心が太陽の光の愛を受け止められるように
どんな権力も生き老い病死し朽ち果てることから逃れられない
歴史は永遠にあきらめない人間にのみ与えられる
どの歴史にもあるべき公平と慈悲はそれを確立しようとする民にのみ与えられる」

歴史はまるで今日の濃霧のように予測不能な運命を蒸発させ謎を作り出していくこの世の出来事は時にはただ魅力的なうそにすぎず時にはただのゴミのような言葉であり時にはぞっとするような暗い物語であるかもしれないまた時には無風の水面に映し出された空の白い雲や木の影のようだったり鏡をのぞき込もうとかがみこんだ民衆の自分の顔のようかもしれない神はすでに竹林を去った私は神を追いかけ神が残した私の部屋のあのユリの花束を神に手渡そうとした

「どうか地球の遠くの人々に渡してください
それは私たちの土地で最も美しい祝福です
どうか彼らに私たちが太平洋の波の上に暮らしていることを伝えてください」

突然また現れた歴史

歴史は私たちが贈ったユリの花束を受け取った後ジャングルの出口で消えた私はその後二度と彼の来訪と接吻を迎える機会はないと思った彼は台湾という土地と人民に解放の証書を与えてくださった私は彼が去っていくその背中からそこはかとないせつなさとやるせなさを読み取った彼が消えるまでずっと私が待ち望んでいたまなざしで振り返ってはくれなかった本当に歴史をこの土地から永遠に消し去ってしまうのか本当に植民者のために永遠の歴史として彼らが懐柔した台湾の七篇の日誌を書くのか

パソコンのモニター上に突然驚くべきメッセージが
映し出された歴史が思いがけない言葉を送ってきた
のだ

「私はこうして自分自身さえ不確かなメッセージを
　送るしかない
そのメッセージはまさにおまえたちの前で形になる
大きな砂塵が台湾の上空に向かってきて
太陽を遮り地上のすべての物の眼を覆い隠すだろう」
「私はまたこの塵霧の動線がなにか強大な貪欲さと
権力の強風により送り込まれていることにも注目し
　ている
先読みをする多くの人々はそれが旱魃後の雨だと思
　い込んでいる」

「おまえたちの歴史はまた先祖たちの原点に回帰する
彼らは生存の欲望に頼りおまえたちの心身から魂を
　返す
食物と金銭さえあれば人生の不安を取り去ることが
　できると誤解している」

「あなたは四百年後の資本家の天国である台湾のこ
　とをおっしゃっている
だが人民には集団で祖先に返る妄想の異常な現象が
　現れました
大多数の人は一九八七年以降に植えられた果実をこ
　っそり盗んでいます」
「それらの果実はまさにおまえたちの花や果実の遺
　伝子改造の手順だ

どの工程にもこっそり私腹を肥やす誘惑がセットさ
　れている
豊かで美味なる果実の実りは本来の渋みに取って代
　わる」
「それは私たちが担うべき責任ではないでしょう
台湾は単に地球という容器の一つのすみっこに過ぎ
　ません
私たちの歴史はずっと被植民者によって書かれてき
　ました
私たちはまた台湾の地から誇るべきブランドが創り
　出されることを期待しているのです」
「おまえたちの迷った心は変わってはいないのだ
一九八〇年代以降の台湾啓蒙運動はほとんど完全に
　崩れ去った

おまえたちは土地に伸びていった根をしっかりと守
　らなかった
品格の香りを持ち続けうる栄養を与えてこなかった
なのになぜ無私の愛とか抵抗の覚醒などと言えるの
　か？」
「あなたは私たちに慈悲の祝福をあまり与えてくだ
　さいませんでした
あるいは愛はもうこの地の根から消えてしまったの
　かもしれません
あるいは本当の覚醒の世代を生み出していないのか
　もしれません
あるいはあなたはいつもヨーロッパにおり日誌を書
　いているのかもしれません
あなたは隠されたオリエンタリズム的偏見に満ちて
　おられる」

パソコンのモニター一面に突然言葉遊びや文字化け
した文字が現れた Taiwan 刮玩 Diewan 恨み Taiwan
太彎 Taiwan 抬妄 daiwan 呆彎 Daiwanlan 呆彎人
Taiwan 代旺 Taitaiwan 代代旺　歴史も発狂し感情的
になるとは実に意外だったそれらの言葉遊びが消え
た後小さな光がしぼみ黒い空になった神は突然私の
疑問に答えてくれなくなった私はとても悩んだなぜ
これらの強烈な言葉で歴史の態度を批判するのか台
湾の知識人の一人として心の中には常にヘゲモニー
へ対抗する複雑な感情を隠しているそして知識と良
心の基盤を築き上げる反抗の火花はいつでも神経系
統の感覚組織から制御不能になりピストルを撃つ

私はもうほぼなんの希望もなくしてしまった歴史が
どんな方法で私と対話しようと歴史がそれほど客観
的であろうとなかろうとそれにはその尊厳と驕りと
偏見があるのだしかし歴史は結局歴史でしかない神
は日々一面の大きな鏡で地球の最も予測不可能な人
類という種と自分の公正さと誠実さを照らし合わせ
なければならない

パソコンのモニターにはまた突然メッセージがチカ
チカと映し出され私を驚かせた地球の人類の奇怪な
足跡は神をどうしようもなく忙しくさせたに違いな
い果たして歴史はなぜまた現れたのだろうかなぜま
た再びメッセージを地球や社会が今まで重視してこ
なかった遥かなこの島国に送ってきたのだろうか

「私は確かにおまえのこの島国への願いと悩みを感
じ取った
明るい波に包まれた花が日夜花開く美しい地が

なぜまた砂塵が襲来したような歴史の濃霧にさらさ
　れなければならないのか」
「神の慈悲と思いやりに対して私は恥じいらざるを
　得なかった
暗黒時代の到来は神さえも阻止できないかもしれない
混血の変異者はすでに複製をし終えたとでもいうの
　か」
「台湾人はもう責任をすべて植民者に押し付けるこ
　とはできない
時間はおまえたちにあまりに多くの機会を与えてきた
おまえたちが植民者からすべての略奪の技を学び
また黒い巨大な傘で太陽の光を遮ろうとしている」
「集団で祖先に返る子孫は賭博場で神像を掲げ賭け
　をする
権力は値下げし割引し交換し売り出すことができる
さらに魂のレンタルと援助交際はもうなにも秘密の
　口裏合わせをしていない
台湾はニセの神の製造者にまるで捨てられた父母の
　ように孤独なすみに追いやられた」
「おまえたちはなすすべなく苦難の到来を待つ
まるでじりじりしながら暗黒の霧が去ってくれと祈
　っているかのように
だが努力もせずに何を変えられるというのか」
「輪廻の苦難はまもなく神の体に書き込まれる
私たちの歴史もまた神の心身の一部分だ
神は一度ならず人間が落ちていく淵や藪をめくって
　きた

神は苦難を抜け出す法則をこっそり教えてくれるこ
　ともできないのか」

「あらためておまえたちの血と涙の道を見つめ
漆黒の夜と迷いの霧の越境と虐待を受けよう
きつく握った土地は自分の光りをつける
畢竟ただ静かに暗闇の中で灯りをともすだけだ」

「まもなくやってくる試練を受けることこそに真の
　新生がある
歴史ははじめて感動的なページを記録する
でなければそれはただの紙くずにしかすぎない」

私は神がこれほど厳しい口ぶりで私たちの未来のた
めに警告を与えるとは思わなかった私はしばらく反
応できずただ俯いて黙るしかなかったこれらの言葉

は残酷なものだった私たちはこのような歴史決定論
を受け入れられないしこの運命も受け入れられない

顔を上げて画面を見た時、神はもう去って、画面に
はぼやけた次のような文字が残されていた

愛と無私の貢献だけが歴史の冷酷さを動かし得る
歴史も時には天使の涙を流すことがある
島国のユリがおまえたちの心の中で咲き誇る季節
どうか私におまえたちと共にそれを楽しませてほしい

後記：二〇〇七年五月二十一日朝、李喬と楊文嘉と話した後
に書き上げた。

註

1　オリエンタリズムとは、エドワード・サイードによ

るキーワードである。

H.2009

『湖浜沈思』

より

春の林

春の午前
風がたえまなくそばを通り過ぎていく
林全体が奏でる
即興の季節の歌

どの枯葉も去っていった
地に落ちる瞬間
その命の唯一の声を発し
世界に別れを告げる

やわらかい葉は木の枝に寝そべり
体に張り付く日の光に接吻する

落ち葉の水葬

もう別の季節になった
秋がまた離れていった

水面に身を葬ることを選んだ
人生での唯一の旅
岸に乗り上げたり腐敗するかもしれない

海を見られるのは
ほんの少しの落ち葉だけ

実景

風景に入りこみ、とけこんで風景になる
まるで迷った黄色いチョウかカワセミのように

湖の岸が優美な弧を描きそっと木立に隠れる
湖面は波の輪廻が生まれている

あなたはまさに風景を見つめている
そして見つめられる風景にもなる

この世界の流動する水の音を聞く

この世界の瞬間の景色を目にする
それこそが本当の隠れされた現実
世界は世界を消すという現実だ

心は体内の旅の駅で終わりのない乗り換えをする
思惟は肉体の空で止むことのない飛翔をする
私達が人になる時刻
誰も命の情報の真実を受け止めようとしない
現実よりも恐ろしい真実

すべてはそうだというわけではないだろう
最初からそんなことではなかったのだ
寂しく深いぽっかりとした静けさ
孤独が慈悲深くほの光る星の灯りをともす

たそがれ

列車全体が原野の孤寂を載せて
まもなく閉じようとしている果てをすばやく超えて
ゆく

たそがれはすでに遠くの山の色を収めた
たそがれの耽美のまなざしは夕焼けをはにかませる
たそがれの足取りは大地の騒がしく鳴く虫たちの野
の宴を呼び覚ます
たそがれのまなざしは銀河の星の海をうごめかせる

たそがれのひそやかなひそひそ話は林の鳥を静かに
　させる
たそがれはだんだんと落ちていくまぶたを閉めよう
　としている

日の淡い哀しみは境界を越え
暗い夜の夢が開くゲートをくぐりぬけていく

水霧

不明瞭な世界
雨の中黄色い花が火のように輝く

水霧はもう湖のあたりを水没させ
雨のカーテンは風につれて木立を揺らす
すべてはなにかが欠けている

不完全な世界
静けさで心がきゅっと痛くなる
なにか見たいのか

本当になにかが見えるのか

目覚め

ピアノで突然目覚めた
書斎に入り鍵盤を叩いてみたが
静寂

たそがれの鳥

夕暮を白いつばさで散り散りになっていく
最後の一羽　孤独に飛ぶ鳥の姿
血走った眼球のような夕焼けの中をゆっくりと過ぎ
　ていく

ゴッホの逃亡

仰天したゴッホは
震えながら手の絵筆をぎゅっと握りしめた
キャンバスに無常の色彩が揺れている
明かされた秘密はのぞき見られてしまった
数千万もの光の神秘的な命
とらえようのない絶望がきらめく
捨てられたキャンパスを色彩が満たしていく
ゴッホは狂ったように逃亡する

群衆と寂しさ

呼び覚まされた鋭い嗅覚が
寂しさのにおいを感じ取る
周囲から群衆がどんどん集まってくる
押し合いへしあいの移動の儀式となる
途切れることのないスパートで
ほとばしる運命を超えていく

寂しさは互いにぶつかり合い火種になり
勢いある火が動線で燃えている
地は踏み荒らされ叫び声をあげる

群衆は空の旗につれて動く
どの人も数千数万の自分を見
どの人も同じ名前を必死に叫び
次々と起こる呼びかけに応える
寂しさが群衆の中に消えていく

今までに隠されたことがないのは
寂しい群衆
決して消えないのは
群衆の寂しさ

人々がひたすら前進する道路の端で
時折奇怪な花が咲いている

将軍の白昼夢

その時、彼は台湾に腰かけていた
心の中では民の歓声が波打っていた
世界は彼と共にあった

だが世界は彼のせいで死んだのではない
彼がいない間に世界は混迷していった
チョウはくさむらの花を超えていった
鳥の群れは晴天の下で翼をはためかせた

その時、彼は台湾に腰かけていた

美しい景観は権力のまなざしに占領された
彼の名は扉にかけられ
島国をめぐる庭園に彩られていた

庭園では連隊の軍隊が待機している
二本の地下道は非常口に向かって延びている
待機している飛行機は離陸したことがない
数人が臨時宿舎に招かれ入っていく
なぜなら忠誠心はいつでも呼び起されなければならないから

目の前の湖岸はなつかしい弧の角度に切り取られていく
高雅な花の岸から故国の西湖を振り返るために
追憶の旋回と角度をなめらかに動いている

対岸には故国復興という信仰の宝塔がそびえたつ
この地の夢と誓いに刺青がされる
湖にふと復国という名の小島が浮き上がる
忠誠を誓った猛将が島のそばにある鐘楼を死守する

聖戦のために壮烈な殉死をとげた亡き魂は
復国島のそばの忠烈祠に集めて葬られる
彼は断固として彼らを連れ帰ることを誓う
夕焼けは対岸の慈暉楼を照らし出している

オオバナサルスベリの赤いヘンヨウボクが秋の日に
　映えている
夫人が静かに彼に寄り添いヤツデアオギリの木陰に
　坐る
彼は時折午後にまどろみ
失った江山を夢見る

そのかつて馬を躍らせ鞭を鳴らし揺るがせた江山
たそがれが湖一帯を取り囲み
星のように輝く第二夫人を連れてくる
ゆっくりと正面入り口の像に向かって歩き
彼を見つめる銅製の姿を見つめる
ほのぐらい世界で
威厳をもったたそがれが次第に色褪せていく

その時、彼は台湾に腰かけていた
島国には一人の敵も見えない
世界は彼と共にあった

だが世界は彼のために死ぬことはない
彼がいない間に世界は混迷していった
庭園はやはり残っている
彼はもう去って行ってしまったが

彼の銅像は撤去することを忘れられている

凧をあげる独り者の老兵

ゆっくりと空に向かって旋回する
彼の左手は
糸の切れない距離を保って操っている
彼の右手は
広場の子供たちの左手を引きながら
彼の手を抜け出そうとする鼓動を一緒に楽しんでいる

雨の降らないたそがれ
彼は見知らぬ子供を
探している

雨降りの日
子供たちの手が見つからない
一人
空を見ている

ゴキブリ共和国宣言——新人類の共和国加入への祝辞

今こそは太陽に背を向けた地球の真夜中
疲れた大人はもう甘い夢の中にもぐり込んでいる
彼らの新世代への期待と精密な投資は
人造都市の灯りのようにだんだんと暗くなっていった
大人たちよ、安心して安らかに眠れ
安心して私たちに地球の深夜を統治させたまえ

全世界のインターネットと携帯をオンにして
地球をつないで一本の道にする
閉店しないファーストフードとゲームセンターを提

供し
脳にコンセントを差し込めば情報の海となる
私たちが改造した変形文字を使い
新しい文字や記号のダンスと音楽が
世界の見方をひっくり返していく
戦争の記念碑のある国境を取り払い
新しく独立したゴキブリ共和国の成立を宣言する
大人たちよ、安心して安らかに眠れ
安心して私たちに地球の深夜を統治させたまえ

ゴキブリは隠れた暗がりの管から飛翔し踊りくねっ
て出てくる
ゴキブリは繁殖の場から歌を歌い身もだえしながら
出てくる
その目をぎょろつかせ触覚のアンテナをぐるぐる回し
その妻子を連れ

みんなが彼らのために残しておいた食物をシェアする
ゴキブリはアリやヤモリや虫やガを呼んできて
屋外のネコやネズミや番犬を招待する
共にゴキブリを共和国のリーダーの一族に推挙する
のだ

みんなはゴキブリに新しく簡単な憲法を宣言するよ
う頼み
新しく自由な共和国宣言を発表する
共和的な新世界の信仰のために三分間の黙祷を捧げる
「皆さんが共に共和国を作り上げ新世紀を迎えてく
れることに感謝します
私たちは地球ですでに数億年生きてまいりました
恐竜が集団で絶滅させられるという天罰もこの目で
見てきました
何度もの氷河期の深刻な災難も経てきました

敵対する生物の撲殺の魔の手からも逃れてきました
私たちは戦争の武器には決して進化したくありません
ただ廃棄されたエネルギーと食物で生きていきたい
　だけです
日の光がなくても楽しく生活できます
回収した後腸道に残った残飯を排泄します
最もシンプルな生活こそが種の永らえられる秘訣です

人類が我がファミリーの新メンバーになることを歓
　迎します
あなたたちのアドレナリンは身心のバイオリズムを
　湧き立たせます
太陽が山や海から昇る時
人類の祖先が登場してきて朝日を出迎えました
太陽が山の峰や海洋に沈む時
別のアドレナリンが内海に湧き出て

人類の祖先はさっそく洞穴に入って地べたに寝たも
　のでした

今、あなたたちは心も身も太陽に背を向け
宇宙の銀河の新たなバイオリズムに適応しなければ
　なりません
第三波のアドレナリンのニューウェイブが
夜行生活の燃料を補給し
人類の進化をまた一歩大きく進ませましょう
神秘の夜の平和と秩序をともに享受し
ヒト族の大人たちよ、安心して安らかに眠ってくだ
　さい

ヒト族は国族の中で最も弱々しい種で
今なんとか共和国の夜行生活に適応しようとしてい
　るところです

みなさんは先輩の慈悲と同情の心で
人類が絶滅する運命から助かるよう導いてやってく
　ださい
人類の知恵は共和国の最も貴重な財産です
まさに保護動物のように人類を大切にしてやってく
　ださい」

共和国の儀式が終了した後
夜中の一時から盛大な歓迎のパーティーが始まった
人類が計画したのはお笑いの小芝居だ
せりあがる舞台で裸の少女と少年が行う
人類の情欲の「休め」と「匍匐前進」の号令が
口がぽかんと開きっぱなしになるほど共和国のメン
　バーたちを驚かせた
ヒト族がモノゴトをやたら複雑にまた面白くするこ
　とに感服しきりだった

彼らの歌声は周波数の変換機を通じて
なんの障害もなく直接銀河の果てまで直で届いた
多彩なダンスは変節した肢体につれ
ヒト族の視覚的芸術の限界を打ち破り
夜蛾はまばゆい光と超周波の音響の中落下していく
卵が孵化しサナギになる神秘の変身を演じ
生物の擬態の不思議な秘密をさらけだす
夜のガの群れが舞台の周囲とそばに飛んできて
共和国のメンバーの頭上の冠にとまる

パーティーが終了したのは真夜中の三時半
突然数人の酔っ払いが現れ出て
体の傷口から鮮血をしたたらせた
救いのない目線はまるで救いを求めているかのようだ
医療の専門家はスーパーバイオ療法を提供し

傷口を止血し目の光りをよみがえらせた
何人かの酔っ払いは共和国の国民になる申し込みを
　した
しかし政策決定会議は何も決められなかった
ただ彼らが占拠するすみっこへと追い返しただけだ
　った
彼らの拒絶する世界へ戻したのだ
そこにはあるいはまだ美と善の文明が残っているか
　もしれない

詩人と詩

全地球と台湾において
詩人は一種のジョークかもしれない
彼は空中に漂い
地上に戻るのを拒否できる
彼が詩人になるのをやめる時まで

全地球と台湾において
詩人は一種のジョークかもしれない
彼は詩以外の物事を信じているが
人々は敬虔に彼を拝み

信者のためにあちこちに廟を建てるしかない
全地球と台湾において
詩は一種のジョークかもしれない
詩は公平と正義の根拠を恐れる
政治の看板によじのぼり寝転んで宣言する
歴史を無垢な役者のようにメイキャップし
誤解されて熱烈なアンコールを受けるのだ

全地球と台湾において
詩は一種のジョークかもしれない
権力の戦車が詩を爆破した時
詩は高らかに歌い始める
権力が権力の戦車に鎮圧された時
詩は軽やかに別の歌を口ずさむ

全地球と台湾において
詩はうわさに満ちた都市を流浪する
詩人は集団で自由の荒野へと逃げていく

Ⅰ.2013

『色変』より

スカーフ

雲の白いシルクの帯が
空と松林の間に浮いていて
山のほほのまわりを
ふわふわとすべっていく

色変

海は暗い金色に染められ
サイザル麻が孤独な長い影になって並び
たそがれを見つめている

次の一瞬を待っている
静寂は爆破に瀕している

次の一瞬
何が起こるのか
終点のない次の一瞬

明日
明日は日が昇るだろう

葉

どこにも行けない
どこにも行きたくない

どの風も
驚きの旅をもたらす
視線のほんの少しの角度の変化で
異なった空が見える

鳥の群れが
美しい隊形をなし

今まさに遠方へと飛び立つ

夜に咲く冬の花

花が咲く時には音はない
誕生のタイミングは突然現れる
冬の夜の静けさの中で
それに染まらず小枝を伸ばす

都市は深い夢の中で安眠している
海は港を撫でて低いうなり声をあげる

絶え間なく花が咲く
滅亡することのない夢

どこかの小さな隅っこで
世界を静かに変えていく

詩人のアフタヌーンティー

メランコリックな風が異様な酸味を拡散している

午後、太陽の光が一本一本終点に到着する
屋外では干物がほされている
風は絶えず魚の身をひっくり返す

詩人は港湾エリアの二階の窓辺に腰かける
彼らは泥が腐敗したにおいが嫌いなのだ
鼻をつく海の藻の生臭いにおいから離れ
海面を駆け巡る白い音符が

猛烈に都市の沿岸に打ち付ける演奏をじっと鑑賞する
世界はこれほど美しく気高い
詩人の心には純白の噴水が沸き上がる

詩人は地下室の静けさを好む
ブルースとクラシックの小品が耳元をめぐる
ほこりと騒音は侵入を禁止される
人工の日光が従順に詩人の足元によりそう
世界はこれほど平坦で調和的だ
詩と絶対的な美こそが誰が詩人であるかを選ぶ

詩人は月光のほの暗い原野をも好む
パチパチとなるかがり火を掲げ
丸い焚火を囲んで詠う詩を燃やす
密教のパーティーの儀式に陶酔し
変種のホタルをつかまえる

詩は人を修練し詩人にさせる

太陽の光が終点へと差し込み続ける
世界はこれほど整っていて美しい
詩はこっそり庭という籠を抜け出す
アフタヌーンティーは沈殿した余韻をかき混ぜる
潮流は黒海の大陸棚にそって回遊していく

メランコリックな雨が離散の蹄の音を鳴らしている

地球星での生活

地球星の南台湾のとある秋の日
たそがれはまさに思い出という漬け物を発酵させる
原野はつぶされ静かな浅瀬になり
地平線は夕焼けの赤い目玉にぶらさがっている
巣へと帰る鳥の群がゆっくりと飛んでいくのが見える
その窓はだんだんと開いていく
それは極めて深い幽遠さを隠している宇宙の門である

漂流する銀河が非常灯を点滅させている
そここそが生命が届くことがない彼方遠くの遠くだ
感じたり触れたりできない空っぽの海が
孤独で寂しい引力を囲んで互いに旋回し合っている
だが私たちはただ地球星の偶然の産物なのだ

人として生まれ人を生む
愛欲と苦難の世界を栄えさせていく
ある人は主人になり
ある人は奴隷になり
ある人は主人でありながら奴隷でもあり
ある人は主人でもなく奴隷でもない
混ざり合い歴史と人種の市場になり
短い記憶を残す

次第に増えていって群となっていく欲望で
隠されたすべての隅っこを捜索する
哺乳期をとっくに過ぎた地球をかじる

一歩一歩地平線に近づき
人類が避けることのできない終点へと向かう

ベランダで夕暮れに包まれる中
突然室内から音楽が聞こえてきた
子供たちが騒ぐ笑い声
妻は私の名前を呼んでいる
これこそが地球星人の生活なのだ
ぬくもりと家族のきずなのある温かい料理をテーブ
　ルに並べ
感情の触感をみんなで一緒にゆっくりと味わう

「愛染の眼」集

映

広場で漂流している顔
紫のバラが一本落ち
月光を照らしている

帰る

自分の意志ではなく帰る
道沿いの剥がれ続ける風景が

ぼさっとしていた眼を塗りつくす

響き

鐘の音が鳴り響く瞬間
空は方角を失う
お参りに来た者の迷いの顔に向かって
壁に釘で打ち付けられるマスク

入り口

あの人は林の中
山道の方向を見失った
ジャングルを何度も超え
また入り口に戻ってきてしまう
あの人は、林の中にいる

探す

目が醒めるか醒めないかの瞬間
あの人は
朝焼けの月下美人の中に入り込み
ゆっくりとしぼんでいった

痛み

追憶の古井戸を刺せば
痛みが覚醒する
憂鬱な顔で振り返り
雑踏の中にさっと消えていく

蔵

日記の中で失われた扉のページ
とけて音になり
ささやかに鳴っている

ホタル火

別れの時に背を向けた目線が
荒野に流れ落ちる
春の夜に羽化したホタル火が
涙の光を流している

スケッチ

スケッチの中の人が
時折身体を借りて通り過ぎる
真夜中の雨音

湧く

海には川の流れが
注ぎ込み集まっていく
止めることのできない波が
折にふれ陸地へと湧きあがりまた戻っていく

苦楝

最後の悲しみや恨みが

持ち去られて
こっそり帰ってくる
苦楝（センダン）の花はもう満開だ

恐れ

明け方と午後と夜は忘れられてしまった
体内の季節は忘れられてしまった
心にしまった軽い憂いも忘れられてしまった
あとなにか忘れるべきものがあるだろうか
忘れることを恐れるあのまなざし

盲

へその緒と共に母体から切り離された
愛染の眼
次第に退化して細い縫い目になった
在世の盲

手の中のハト

広場にはいろいろな色の旗がひるがえっている
人々は輪になって囲む
輪の中のハトはつぶやきながら歩き回っている
クビをたえず上下に動かしながら

突然、一本の手が
すばやくハトの群に伸びる
最も大きなその白いハトをつかまえる
他のハトは食物をついばみ続けている

手の中のハトは静止した空をじっと見つめている
呆然としたまなざし
無用な抵抗をする気がないのは明らかだ

時間は元のまま固まっている
人々はそのハトを注視している
瞬間、手が突然ゆるんだ
ハトの群が騒ぎだし
空っぽの広場だけが残る

ついに自由を相手に返すと
その人は同じ小道を戻っていった
あくる日、人々はまた広場に戻ってきた
あのハトはその間にいた
異なる雑踏がまた異なる輪を作っていた
あの人は輪の外にいた

「待つ」に別れ「自由」と出会う

「自由」と「待つ」という名の友人が住む TaMa町に
　入る
長年合っていない友人が私と会う約束をする
彼のところから遠くないある街角の商店で
偶然「自由」という名の同郷の友に出会う
幼い頃田畑や小川を走り回って遊んだ仲間
私は喜びのあまり思わず彼の名を懐かしい呼び方で
　呼ぶ
彼はぎょっとしてじっと私を見ている
彼は私のことなど知らないと言い張る

私は子供の頃のことを話し
彼を知っていることを証明し確認するしかない
だが彼は頭を振り苦りきった顔でさっさと去ってい
　った
二〇年ぶりの出会いがこんなことになるとは
彼は別の人間になって TaMa に隠れるように住んで
　いたのだ
頭の中に突然彼の父親が月夜に失踪したエピソード
　を思い出した
私は少し憮然として通りを歩いていった
マスクとヘルメットをつけた数人の騎士が
絶えずすれ違っていく
どの街角の監視カメラも毎分毎秒昼ごと夜ごとに
登場した者の姿をとらえ
その地ごとの安全と自由を守っている
国家機械のファイルになることは

いかなる人間も拒絶することはできない
いかなる人間もそれを違法に撤去することはできない
戦馬が走り回る都会で
あなたはただ正面からそれと対峙するしかない
監視カメラに
撮影された者の潔白と合法とを明らかにしてもらう
　しかない
私は自由に数本もの無罪のとおりを抜け
昔活躍した通りの戦友を見つけ出した
彼は現在その年の自由と人権年鑑を執筆していた
ある法律学部の名教授だ
私たちが会ったのはただ一つのことをはっきりさせ
　たかったからだ
誰が数十年前に街での暴動で先に火炎瓶を投げたのか
その疑問はすぐに回答が得られた
私がそれをしたことを認めたからだ
そして彼も無罪が言い渡された
彼のこわばった体は突然ゆるんだ
私は彼に「自由」に出会ったことを告げた
彼はこの都市には「自由」という者はいない
けれど「自由」の偽物は少なくないといった
ここには「待つ」民族の人がたくさん住んでいる
退勤時にはパンを分け合って家に持ち帰る
私が彼の家を去ろうとしている時
突然体と心が感傷でいっぱいになった
みんなが共に待っている歴史という列車は
まだ駅に着いたという知らせはもたらされていない
たとえ台湾の山腹一面に春の野花が開いても
「待つ」と私は初老の年齢に差し掛かろうとしている
私が彼に別れを告げようとしたその瞬間
「待つ」は落ち着いているけれど決意を固めた表情で
必死に話し出した

ある日もし狩猟者が再度降臨したら
ファイルに設定された対象を決して見逃しはしない
　だろう
どの友人だって
空気の中に身を隠せる者などいるはずがない
私はただ小声で彼に生きる尊厳はただ「待つ」しか
　ないのかと言った
狩猟が歴史の未来までずっと継続することも
自由人の息の根を止める運命を否決することもあり
　えない
私は強烈な日の光に占拠されたTaMa町を出た
太陽の光は高いビルの陰を抜けて顔を照らしている
まるで島国を抱きしめる波が
やさしくなでながら島国を呼ぶのが聞こえたようだ
「待つ」と「自由」と称さない者がたくさん住む都
　市を離れ

高速列車は南方にすばやく走っていく
時速は二二八キロを超え
「待つ」と「自由」で埋められた緑色の原野を追い
　かけている
大地と空はまるで瞬間的に解放された花が
旅路の中で常に展開していく前方で満開になっている

J.2014-2016

『文学台湾』

より

少女

遮るもののない子供時代
風がロングスカートをひるがえし
木かげを抜けていく
絶え間なくこぼれおちるはにかんだ微笑みで
図書館の階段へと走っていく

生存者

異なる生存者が通り過ぎる
その姿が伝言板を覆い隠し
謎の記事を書き記す

生存者の記事――
なぜ私なのか　あなたなのか　彼なのか
あの忘れられた人々ではないのか

地平線の果てを追いかけている
生きているのはそれほど名誉なことではない

いつもいくばくかの幸運な人が生き残る

盗んできた火はやはり大地を燃やしている
生き残りの謎を解く人はいない
だがそれらの行動の犠牲者は？
歴史はただつかのまの仮釈放を許すだけだ

生存者の夢

夢一　荒野のジャングルと分かれ道を駆け回る
叫びながら私を追いかける野獣
鋭い角と開いた鋭い歯
体に触れられひっくり返され崖を落ちていく刹那に
死が突然現れ私を抱きしめる
ついさっきの夢から驚いて目覚め
夢とはるか遠くの記憶を切断する
周囲は静寂の世界の真夜中

夢二　命令を伝えるその時

殺人の罪を許し
愛憎善悪と是非が空っぽにされる
すべての見知らぬ敵を殲滅させ
群衆は暴雨の中に落ちていく
濡れそぼった屍の骨は目立つ勲章を鋳造する
一発の銃弾が目の前をヒュッと飛んでいく
ついさっきの夢から驚いて目覚め
夢と欺瞞の記憶を切断する
周囲は静寂の世界の真夜中

夢三　判決文には犯行と被害者はいない

脱獄した後時間の中を逃亡する
捕獲者はすべての出口を封鎖する
私は私に極めて似た人を見た
終わらない追跡
終わらない囲い込みからの突破

よくわからない欲望が道路をじゃまし
奇形で奇怪な生物へと変身する
体内の炉の火はまだ冷却しておらず
まもなく閉じられる狭き門へと突進する
このうえなく明るい光に少しだけ目をやる
結局去りもせずまた牢に戻る
ついさっきの夢から驚き目覚め
夢と流転の記憶を切断する
周囲は静寂な世界の真夜中

夢四　果てしなく広がる花園

私は花のつぼみの中から生まれ飛んできた
あなたは別の花のつぼみから飛び出してきた
私は花園の中のあなたを追いかけている
数千万もの花の美しい世界を抜け
私の体があなたを通り抜け

瞬間的にあなたになる
だがあなたは残された私になる
私たちは花と人の共通の名前を呼んでいる
花園中の花は満開だ
ついさっきの夢から目覚め
夢とあまりに寂しく美しい記憶を切断する
周囲は静寂の世界の子夜だ

夢五　舞い飛ぶ紙に無という字が書いてある
寺の中にいた人は慌てて飛んでいく紙を追いかける
ちょうど庭の柏の木に引っかかる
風が吹き枝葉のしげった網を揺らし
紙は破け細かなふぶきとなる
みじんのようなふぶきは胸元にとけていく
静かに肉身の秘密をあばく
柏は純潔なヨシノザクラを花開かせる

ついさっきの夢から目覚め
夢と真理の記憶を切断する
周囲は静寂な世界の真夜中

アオサギミミズ体

緑の園コミュニティに引っ越してきたアオサギ
時おり芝生をうろつき
考え込むような姿勢になる

いくぶん涼しい冬の朝
何本もの人間の足が重なって過ぎていく
アオサギは緑の園でゆっくりと探索し
頭の両脇にある眼を動かし
もう然と首を延ばし下に向かってついばむ
くちばしはミミズの頭をついばみ

一節一節と地表から引きずりだし
まるごと呑み込んでしまう

ミミズの喜怒哀楽は
アオサギの首から胃袋へと滑り込んでいく
一匹のミミズの失踪で
目の前の世界はこっそり滅びてしまった

すみっこの戦いはもう終わった
アオサギはミミズの一生の愛と憎しみを受け取った
これはその日の朝の出来事
ミミズでもなければアオサギでもない
ミミズでもありアオサギでもある新しい合体
別に緑の園を驚かせもしなかった

浮遊する半島

山の中腹に沿ってすべっていく
海門は突然開かれる
裸体の海はおだやかに半島のそばに横たわる
道沿いの波はサンゴ礁にやさしく打ち付け
サンゴ礁の石は一陣また一陣と激しく音を鳴らし
数千年もの記憶を響かせる

海を見つめても
迷幻の潮の音はやはり読み解けない
山を仰ぎ見ても
やはり岩石がなぜ天に向かって伸びているのかわか
　らない
草原の町と人々を見れば
不思議で確かな出会い
無数の見知らぬ顔
一生で一度しかすれ違わない

夜空は宇宙と海洋の星たちを揺らし
私の顔によりそう
星の光の中にはすでに遺影になってしまったのもある
そこに何が隠されているか誰が知るだろうか
生きているのはほの暗く深い秘密を垣間見るためで
　はなく
世界の暖かさを抱くためだ

春は遠くで渡り鳥を待つ

山の尾根に沿って海門へと滑り出る
何も持たずに行く
たそがれの袖はまもなく扉の門を覆う
振り返ればうねうねと動く金色の海面が目に入る
詩の花紋が織り込まれた
海全体が、言葉のきらめきを輝かせる

K. 新作

未発表作品

戦中

通りの店を過ぎると
入り口に営業中とかかっている
店を閉めた後には休憩中に変わる

戦争レストラン
人々は突っ込んだり駆け出したり
メニューは全部生食
残飯は遺腹子だ
遺腹子の子供は未亡人とみなしご
みなしごの未亡人も未亡人のみなしごだ

戦火が停止したしばしの間
欲望の防火壁を打ち立て
歴史と時間をとらえ監禁して拷問する
荒れ果てた春
数本の野の雑草を育てる

卓上のコーヒー　イチゴ　赤いバラと肢体は
爆発してミックスジュースになり
床に飛び散る
歴史はただ形式的な話しかできず
ぼさっと坐ってただ時間がその場を清掃するのを見
　ているだけだ
すべては写真を撮り証拠を残し
制服の上の勲章として鋳造される

失踪した場合を除いて
このために失業した者はいない
他人に直立で敬礼される職業だ

哀愁と凄みのあるオープニング曲
突然休止符が現れる
言えなかった遺言
永遠の秘密は
おそらく愛とか夢といった話ではないだろう

火が消えた
ほの暗い中照明を探す
やはり営業中だ
食事睡眠仕事
24時間のコンビニ

フクロウよ羽ばたけ——李喬へ

島国の暗黒の中心の夜
数羽の孤独なフクロウが残っていた

暴雨に顔を遮られた遠方
いく筋もの稲妻が光の道を切り開く
山河の大地が浮き上がり
瞬間に消える
輪郭のほかに何が見えるのか

太陽が開いた世界

数種類もの周波の音声が響く
曖昧模糊な言葉が
民衆の心をつかむ
あなたは往々にして見分けられない
本当とうそを
欲望の漂流物があちこちに浮いている
時間が波のように寄せては返す

真昼に木の梢に寝転び安眠する
どちらかと言えば黒い夜を選びたい

世界を枕に眠っている深夜
あなたはほの暗いまぶたの光りを開き
突然なんの音もなく羽ばたき
領地の獲物を捕らえ
また樹々の藪に身を隠す

さっと飛ぶ一対のまなこ
きらっと光る光を切り裂く
島国の暗夜
静けさの鳴き声を振るわせ
いなずまのように何か予言を漏らす

フクロウよ羽ばたけ
我々が命を共有する領空で

鏡の中の姿

庭のあのセンダンの枝葉
和室の竹簾の影を染め
心の止まらない震えにしみとおっていく

樹々のてっぺんで鳴く鳥たちは
地面の跡を投射し
変形した幻影を漂い
私を惑わし探しに向かわせる

水鏡の中の人影に沈む

顔に感情がきらめく水紋
まなこが波に現れる
岸にいる見知らぬ人をじっと見つめる

口がきけない影
他者たちの難解なリップシンクで訴える

通りを歩けば
至るところに影が重なり合って映る
私はあなたの影だ
あなたも私の影だ

あの大きな草原や樹林
天空の透きとおった鏡
融け合って共同の影になる

渓流の静かにそばを流れている
山脈の顔は白い雲を枕にし
一つの歌を歌いたい
一つの詩を朗読したい
この奇跡のような時間の中で

秘密

ちょうど隣人とおしゃべりしていると
朝の花が全裸の花びらをほころばせ
オジギソウが起きてきて日光浴をしているのが見える
ふと触れられると
すぐ恥ずかしげに祖先のささやきを抱きしめる
子供は驚き泣き出しそうになる

公園の花は枝に寝そべっている
ミツバチやトンボが来た
たゆまず羽で重力を打ちつけ

体を空中にとどめ
我を忘れて蜜を吸う
数日前の夜の音楽会
観客は立ち上がって熱烈な拍手をし
心の中の感動を音にする
彼がどうやってそれを成し遂げたのか誰も知らない
知ったとしても、それでよりよく生きられるとでも
　いうのか

少しの時間の残飯を整理する
捨てがたいスイーツ
引き出しか貴重品ボックスに入れて鍵をかける
秘密は呼吸できない
しかし囚人は自分を外側に追いやる
秘密は時々こっそり逃げ出し
通りをぶらつき

追憶をあの人たちに返還し
彼らの体が鼻歌で歌ういくつかの歌に滑りこむ

歴史は文字によって銅像の庭に造られる
真相がまだ解かれる前に
すでにベッドに入り身ごもり
うす暗いテーブルの下でお産を待つ
事件の真相はとっくに決まっているのだ
しっ！　それが我々人間の運命だ
我々が生きている間は変えることのできぬ事実なのだ

夜空を仰ぎ見れば
黒いとばりが空の輪郭を隠す
きらめく星たち
変わり続ける無限の中に漂い
永遠の沈黙を燃やす

見たり行ったり知ったりしたい人もいる
一瞬のうちにまた変わる
星空を眺める
ただ眺めるというだけなのだ

ぼーっとしている時間
０と１の間を行き来する
未完成の仕事
止まることのない仕事
やりたいかやりたくない仕事
人々はいつも時間はけちん坊だと不満だが
そこに秘められた謀略には気付かない

解き放てるか
出会った見知らぬ人を抱きしめたいか
そうしたいか

184

そうしたいのか

模様

ベランダで水やりをしていた妻が私に言う
鉢植えの狐百合(キツネユリ)がまた咲いたと
四つの花が母葉のそばによりそい
遥かな青春のあでやかさを映し出している

湖畔に入り樹林を抱きしめる
その慣れ親しんだ友のような樹
乾いた枯葉に別れを告げ
鮮やかな新芽が出て来た
太陽の光の下で優雅な姿を見せ
一歩も離れはしない

人は生まれ落ちると
抱えられて歩き
這いずって歩き
手を引かれて歩く
家族は前に進めと拍手で喜び
ついに手を放す

タクシーの運転手は時に文句を言う
乗客が目的地を言わないで
右に曲がれ左に曲がれと命令し続け
突然大声で、
止まれ！　着いたと言うと

どこかへ食事に行く

そこに行って
しばらくしたら何をする
電話のベルが鳴る
人々は互いにロープにからめとられ
見知らぬ端末にリンクされ
分配された時間と交換される

初恋のあの女の子
時折記憶によって書斎に呼び出される
書籍と日記はしんと静まっている
もしもしもしもしもしもが頭の中でぐるぐる回る
快楽と煩悩
幸福と離婚
あるいは異なる子供と孫たちが生まれ
今この家に住んでいなかったかもしれない
それに他のあの女の子たち

あの女の子たちの男たちなら？

孫たちを連れて娯楽場へ行く
彼らは楽しくて家に帰りたがらず
もう一回やってもいい？　といつも聞いてくる
もう一回の後はまたもう一回
確かに旅はもう一回はありえない

まだ終点に着いていない
体内のエンジンがブルブル音を出す
君には聞こえているか
幼い時の軽やかなエンジン音と年老いた雑音
たゆまず回り続けるしかない
永遠に君に選択を迫る
それぞれの分かれ道に面し
君は後の人に押し倒されたくないだろう

もちろん酔っ払いの中には
自分の家が見つからない者もいる
道端に寝転がり
他人のベッドで寝たり
地層で寝入る

遥かなスタート地点は
見知らぬ子供であふれている
天真爛漫な笑み
彼が足を上げようとしたその時
ゆっくりと模様に近づき
彼らのおもちゃを探す
あるいは地平線を見つけるのだ

間合い

計れる
けれど正確ではない
はっきり見えたとしても
何が隠れているかわからない

もっと遠くさらに遠く
大地山河と星雲
完璧なあいまいさ
もっと近くさらに近く
地下鉄の混雑した人の群れ

少しの感覚も揺るがない

領土の幻想は
災禍の重さを概算できる
セクハラを受けた境界線
花火ショーは華麗な夜の花を炸裂させる
最も汚らしい言葉、それは
平和と血縁というスイーツ

境界線が消えうせた後
愛と憎しみは一つの火の球に融け合い
ずっとゼロに戻り続ける
プラス値とマイナス値が無限に伸びていき
よるべのない見知らぬ点で見失われる

慣れ親しんだ路地を歩き

一つの石ころを蹴ったら
痛くて跳びあがるほど
以前はなぜそれに目がいかなかったのか

遥かかなたの地平線の外
最も遠い地表のところは
まさに背後のすぐそこにある
一匹の猫が何度も振り向き
しっぽの影をつかまえようとしている

愛

私はわからない、本当にわからない
だからこの詩を書いている
書いても理解することはできない
それなら、それは詩の中には存在していないのだろう

その日の朝、大貝湖の門前の枯れ木に
大勢の人だかり
何本もの高級な撮影機器を立て
見たり撮影したり録画したり
どの人も五歳ぐらいにしか見えない
一対のゴシキドリが飛び回り巣に入ったり出たりし
　ている
ひなに虫を食べさせている
みんなはその姿に一斉に吸い寄せられている
だが昆虫の両親は誰なのか
一体何が起きているのか
それは人々が関心を寄せる焦点ではない

田舎のあぜ道に戻れば
たそがれがまもなく原野を埋め尽くす
暮色は夜色の霧の中に浸潤していく
ツバメが一度また一度と飛ぶ
空中はまるでなにか黒点を失ったかのように
ただ完璧で優雅な飛行の弧線だけを残す

娘たちが子供を連れて戻ってきた

みんな一緒にレストランへ食事に
子供は泣き止まない
娘は箸を置き
赤ん坊に食べさせ始める
お父さんたちは先に食べて
私はあとで大丈夫だからと言う

クジラと旅ネズミは一体どうしたのだ
クジラの大きな群れが朝焼けの砂浜に横たわる
永遠に大海原に戻りたくない
旅ネズミの大群が神秘的な時刻に
祖先の遺伝子の目覚まし時計がりんりんとなる時
集団で前に走っていき
崖っぷちから大海原へと飛び込んだ
アフリカは季節が春へと大移動している

先頭は河岸のカモシカが
押されてワニのいる河に落ちるところに到着した
後の羊の群れは河を渡り続けている
車が一匹の子ザルをひき殺した
林にいた数十匹のサルの群れが車上にのぼり
泣いたりわめいたりしながら車のボディをたたく
車はまた何匹かをひき殺した

ある晩家族と夜市をぶらついた
蚵仔煎（かきオムレツ）を売っているおやじは
忙しく卵を割っている
横にある古びたラジオは
「壊れた心壊れた情
愛してる愛してる愛してる
永遠に変わらぬ心」と歌っていた
歌手たちはこの歌詞に噛みついて放さない

若いラッパーから聞き手を失った老年まで
リズムが止まる瞬間
また卵の殻を割る澄んだ音がする
私達は蚵仔煎と歌声を食べたのだ

たそがれでの国境超えについて

太陽が地平線に押し落とされる
まなざしは少し哀しげだ
誰もそれを気にしない
毎日こうして上下するのではないのか
月が今晩の表情で昇っていく
ある隠された事柄が次第に暗くなりながら次第に明るくなる
光の点が標示される
私たちは行き着くことのできない場所へと行きたい

甘酸っぱくしぶい半ば昏睡の時刻
人々はたそがれと呼ぶ
なぜたそがれなのか
たんにカラフルな蜂が国境にたかっているだけだ
心の中に突然輪廻のノスタルジーが沸き上がる
変わらない夢を抱きたい

砂浜でいくつかのカップルがたそがれをきつく抱き
　しめる
次第に催欲剤の嵐を形成し
たゆまず体の岸壁に衝撃を与える
波が波を飲み込み波を作る
恋人たちがよりきつく抱き合う時刻
時間はまたやはり黒く染められる

約束はまるで痛みに貼る湿布のよう
逃げ出していく追憶を封鎖しようとする
追憶の中には難民キャンプに到達したものもある

どのたそがれも一人のあなたを連れていく
なんの予告もなく
二度と戻ってはこられない
もしあなたが計算を始めれば
あっというまに捨てられ
詫びの一つもない

一群また一群の渡り鳥
家族の図案を並べ
ぼんやりとした時間を超える
ゆっくりと昼間の終点へ近づく
安定し静かな時間は

たそがれかそれともたそがれでないのか
考えることも見つめることも必要ない
夜色にくるまれ
ひな鳥の安眠をぎゅっと抱きしめている

たそがれは国境から追い出される
全裸の都市の夜が
プレイボーイの表紙を飾る

挑発

私は公園の木陰で読書していた

一組のカップルが遠くない石の椅子に腰かけ
1足す1は1のルービックキューブで遊び始めた
周囲の明るさは次第に遠のき
炎が静かに激しく燃える
私は体の感覚を押さえた

彼らが落ち着くのを待って
私たちはリラックスしておしゃべりを始めた

その女性の名は歴史
男性は信仰と自称していた
偶然にも、本の登場人物と同姓同名だ

私が坐っている場所から
この土地に丸を書いた
ペンは波が寄せる陸の岸辺で止まる
ここは波を抱いて生活する島国
多くの歴史と信仰が交代で上陸する
彼らはしょっちゅう名前を変える

信仰は時には民族と呼ばれ
時には正統と呼ばれ
時にはなんとか主義と呼ばれる
反対の声の波はすぐにその後の声の波に解消される
歴史はいつもただ黙って受け入れる

先ほどのカップルが去ると
また次の新しい恋人たちが来た
彼らもやはり歴史と信仰という名だ
私はすでにうねうね動く姿には慣れている
まさに本に描写されているままだ
歴史はいつも信仰に迎合し
信仰は歴史を赤面させる

恋人たちはすべて去った
手に持った本ももう何度もめくった
改定版がまもなく発売されるらしい
マスコミにも広告が打たれている
内容は歴史が子供を産み
もう勝手にその名を変えないことが記されている
彼女は若い信仰を深く愛し

挑発の雰囲気はロマンチックで優雅になった

芝生の上の小さな野花は美しく咲いている
鳥は自由に前方の空から
生暖かいフンを落とす
そこには数多くの種が入っている

曾貴海詩集を訳して

横路啓子

台湾における客家文学の中で、曾貴海氏は詩人として、また文化人として高い評価を得ており、研究者も多い。またこの日本語版の詩集には、阮美慧先生によるすばらしいまえがきもある。なので、ここでは主に曾貴海氏の作品を翻訳する上で考えたことや感じたことなどについて記しておきたいと思う。

ただ実のところ、詩の翻訳をする機会はそう多くはない。言葉の一つ一つに凝縮された意味がこめられた詩の翻訳は、常に翻訳者を悩ませる要素に満ち満ちているものである。曾貴海氏の作品も例外ではない。このため、以下では言い訳めいた言葉が多くなってしまうことを先にお断りしておきたい。

さて、見ればわかるように、この詩集には氏の六〇年以上もの創作活動の作品が収録されている。そこから見いだせるのは、時代の流れや台湾社会の変化とともに変わっていく氏の関心の幅広さ、またそれぞれの事物に対する感受性の鋭さ、ユニークさである。テーマの多様さは文体に影響を与え、さまざまなリズムを生み出している。生活に根付いたリアリズムあふれる作品、華麗でロマンチックな作品、いくぶん官能的な作品、政治や歴史などを盛り込んだ思想的な作品など、いずれもがそれぞれの文体を持っているのである。その文体をどのような日本語に表出していくかが、まずは最初の悩みどころであった。

それに加えて、作品の中に登場する語り手も多種多様であり、一つの作品の中で語り手が変わるものもあった。今回特に苦労したのが――しかしその苦労が翻訳の面白さ、楽しさでもあるのだが――歴史をめぐる二つの詩「遅れて来た歴史」「突然また現れた歴史」である。この作品では、句読点のない連、かぎかっこで括られた連、そして何もない連が交代に登場する。形式の違いは語り手の違いと聞き手の存在の有無を意味しており、どのような独白なのか、あるいは対話なのか、翻訳しながら悩んだ。

語り手の設定の自由さも、氏の作品の中でユニークなものである。例えば「友である羅漢松の言葉」は、語り手が植物の「羅漢松」そのものであり、聞き手である人間——おそらくは作者自身——に語りかけている作品である。自分に友情を勝手によせてくる人間に対して、多少の迷惑を感じているような羅漢松の口ぶりは、どこかユーモラスだ。だが、ここで面倒なのが日本語の語り口、つまり役割語の存在である。中国語の話し言葉には、性別による違いや年齢、社会的地位による話し方の違いはそれほどはない。しかし、日本語に翻訳する場合、特に話し言葉においては、日本語になった瞬間に話し手の性別、年齢、社会的地位などが表出してしまう。私は、この語り手の「羅漢松」を中年から老年の男性ではないかと勝手に想像したのだけれど、果たしてそれが正解なのかどうかはわからない。いや、そもそも正解などはないかもしれないが。

そうした多様なテーマ、多彩な文体が氏の作品の特徴の一つではあるが、そこにはユーモラスで明るい、さわやかさが通底している。上で述べた歴史をめぐる作品にしても、すでに滅びてしまった平地原住民への謝罪の気持ちを述べた「平埔族の祖先への陳謝」にしても、シリアスなテーマでありながら、どうしようもない底なしの凄惨さや悲しみはない。視点の面白みだったり、言葉遊びだったりが隠されており、精神的な余裕のようなものが感じられるのである。おそらくそれは氏の達観した人生観から来ているものなのではないだろうか、と私は感じている。

　また、氏の作品の中には、その多様なテーマの中で数々の植物や動物が登場する。中でも、いくつかの植物は実に客家らしさを持っている。「夜合」という作品は、氏自身が注釈をつけているように、客家人の家の庭によく植えられているものではある。だが、この作品の場合は花の名前「夜合」そのものが、客家人女性たちの恥じらいを持った官能性を合わせもった言葉として用いられている。学名ではマグノリア・ココ、和名ではトキワレンゲというその花は、夜にだけ花開き、実にすがすがしい香りを放つのである。「夜合」は、単に客家人の庭に植えられているというだけではない、客家の女性たちの昼と夜の異なる顔を表象しているのだ。

　だが、この花の名は、「六堆の客家人」にも現れる。それは、「夜合」とは異なり、住環境を重視する客家人の庭によく見られる花の一つとしての意味となる。幸い、日本語ではルビを付ける表記法があるので、「六堆の客家人」では「夜合」という漢字を残しつつ、「トキワレンゲ」というルビを振った。同じ言葉でありながら、異なる表記となっている部分があることを理解していただければと思う。

　翻訳は、普通の読書よりもさらに深く作品に立ち入り理解することが求められる。さらに別の言語でその理解を表現する作業は、決して楽なことではなかった。しかし、本来はつらいはずの作業が楽しくできたのは、多くの人の助けがあったからである。

今回のこの翻訳プロジェクトに誘ってくださった林水福先生、そして毎回原稿の締め切りをチェックし、私の原稿を整理してくださった廖詩文先生に感謝申し上げたい。日本語訳の原稿を実に細やかに確認してくださったのは、管美燕先生である。私の理解が不足していた部分をきっちり指摘していただいており、何度も胸をなでおろした。蔡嘉琪先生には貴重なお時間をいただき、私の原文の理解を助けていただいた。

そしてなんといっても感謝したいのは、曾貴海氏と黄翠茂夫人である。二〇一七年十一月二十六日、氏の生まれ故郷である屏東県佳冬郷を訪れた際には、客家の文化を教えていただき、作品に対する私の疑問に一つずつ答えてくださった。その時、曾貴海氏から「自由に翻訳しなさい」とおっしゃっていただき、それによってとても広々とした気持ちになったことを覚えている。客家文化と曾氏のアイデンティティーは分かちがたく結びついている。しかし、氏はただ客家人としてのアイデンティティーだけをことさらに強調するわけではない。それはまるで台湾社会の中に溶け込みつつ、自らの核として客家文化をしっかり持っている南台湾の客家人そのものの在り方のようでもある。そうした氏ならではの多様で独特な詩の世界を、日本語で少しでも伝えることができているとしたら幸いである。

曾貴海年表

西暦／民国

一九四六／三五（0歳）
　2月1日、屏東県佳冬郷六根庄に生まれる。客家族、平埔族および河洛（閩南）系の血筋を合わせもつ。

一九五三／四二（7歳）
　佳冬小学校入学。父を亡くす。

一九五八／四七（12歳）
　佳冬小学校卒業。

一九六一／五〇（15歳）
　屏東初中（中学校に相当、前南州中学校）卒業。

一九六二／五一（16歳）
　高雄中学（高校に相当）在学中、学校の刊行物に初めて詩を発表。高雄高校卒業。

一九六四／五三（18歳）
　高雄医学院に入学。

一九六五／五四（19歳）～一九六六／五五（20歳）
　高雄医学院在学中、江自得、蔡豊吉、王永哲、呉重慶などと詩のサークル「阿米巴得詩社」を発足、校内の文芸的な雰囲気を盛り上げた（江自得はその後、医者詩人として著名になる）。
　詩誌『笠』に詩を発表する。

一九七一／六〇（25歳）
　高雄医学院卒業。

一九七三／六二（27歳）～一九七五／六四（29歳）
　台北栄民総合病院胸腔内科に勤務。

一九七六／六五（30歳）
　台北栄民総合病院胸腔内科から、省立高雄病院に転職、高雄市に引っ越す。

一九八〇／六九（34歳）
　台湾の人権問題、環境問題、文学運動に関心を寄せ始める。

一九八二／七一（36歳）
　葉石涛、鄭炯明、陳坤崙、許振江、彭瑞金などと雑誌『文学界』を創刊。『文学界』は戦後、南台湾に登場した初の台湾文学の雑誌であり、美麗島事件の余波がまだ残る政局不安の中での創刊となった。戒厳令解除後の一九八九年四月停刊。

一九八三／七二（37歳）
処女詩集『鯨魚的祭典（クジラの祭典）』出版。

一九八四／七三（38歳）
呉濁流文学賞新詩創作賞受賞。

一九八五／七四（39歳）
呉濁流文学新詩賞正賞受賞。

一九八六／七五（40歳）
高雄市立民生病院内科主任に着任。

一九八七／七六（41歳）
詩集『高雄詩抄』出版。

一九九〇／七九（44歳）
北米台湾文学研究会の招きによりアメリカを訪問、台湾に戻った後、衛武営区での公園建設を主張。

一九九一／八〇（45歳）
雑誌『台湾文学』の創刊に参与、社長に就任。

一九九二／八一（46歳）
衛武営公園促進会会長に就任。

一九九四／八三（48歳）
「高屏渓を守るグリーン連盟」会長に就任。

一九九五／八四（49歳）
「高雄市グリーン協会」を設立、初代会長に就任、台湾南部のエコ運動を開始する。

一九九七／八六（51歳）
頼和医療服務賞を受賞。

一九九八／八七（52歳）
詩集『台湾男人的心事(台湾男の悩み)』出版。
鍾理和文教基金会董事長（代表取締役に相当）に就任。

一九九九／八八（53歳）
市民オンブズマン団体「南社」を組織、会長を担当。
『被喚醒的河流（呼び起こされた河）』を出版。
客家語詩集『原郷・夜合』を出版。
総統府の超党派委員会学者代表となる。

二〇〇一／九〇（55歳）
台湾ペンクラブ第11代会長に就任。その後、教育部本土教育委員会委員および行政院教育改革推進委員会委員を担当、教育改革に関心を寄せる。

エッセイ集『留下一片森林（一片の森を残して）』を出版。

二〇〇二／九一（56歳）
台湾ペンクラブ理事長に就任。

二〇〇三／九二（57歳）
詩集『三陵鏡』出版（江自得、鄭烱との共著）。
文化建設委員会委員となる。
高雄文芸賞受賞。

二〇〇五／九四（59歳）
『南方山水的頌歌（南方山水の讃歌）』を出版（一九九九年、高雄県が写真家王慶華に高雄県内の風景の撮影を依頼、王氏が曾貴海氏に詩の執筆を願い出て『南方江山』の出版となった。当時は写真に合わせた詩だけだったが、その後曾氏が作品を追加して33編にし、詩集とした）。
『孤鳥的旅程（はぐれ鳥の旅）』を出版。
国家文芸基金会取締役に着任。
南社会長を歴任。

二〇〇六／九五（60歳）
文化評論集『憂国』を出版。

詩集『神祖與土地的頌歌（神祖と大地の歌）』を出版。
詩評論集『戦後反殖民與後殖民詩学（戦後の反植民とポストコロニアル詩学）』を出版。

二〇〇七／九六（61歳）
屏東教育大学で特別講演を行う。テーマは「生活面の多様なエクリチュール─医療、民族、自然、宗教」。
8月『曾貴海詩選』を出版。
11月『浪濤上的島国（波の上の島国）』を出版。

二〇〇九／九八（63歳）
詩のサークル「笠」会長に就任。
詩集『湖濱沉思（湖浜沈思）』を出版。

二〇一〇／九九（64歳）
台湾語詩集『画面』を出版。
古跡「屏東宗聖公祠」再生のため、文化建設委員会で一億元の予算をかけ修復、二〇一三年完成。

二〇一一／一〇〇（65歳）
「衛武営公園文学歩道」、屏東佳冬六根地域の「六堆客家文学歩道」（7月完成）の建設推進を実施。

二〇一二／一〇一（66歳）
六堆学文化芸術基金会会長、旗美コミュニティカレッジ学長に就任。

二〇一三／一〇二（67歳）
総工費一億四千万元の三級古跡「屏東宗聖公祠」の保全推進を実施。
詩集『色変』を出版。

二〇一四／一〇三（68歳）
屏東県が屏東教育大学に『曽貴海研究』の実施及び論文集出版を委託。

二〇一五／一〇四（69歳）
台湾語歌謡の歌詞集『旅途』を出版。

二〇一六／一〇五（70歳）
真理大学第20回「台湾文学家牛津賞」を受賞。

二〇一七／一〇六（71歳）
客家最高の栄誉である「客家生涯貢献賞」、さらに「二〇一七年全国医療典範賞」を受賞。
詩集『浮遊』を出版。

参考資料

彭瑞金編『曾貴海詩選』、春暉出版社、二〇〇七年。

当代客家文史料システム

1　行政院客家委員会
http://www.hakka.gov.tw/ct.asp?xItem=22031&ctNode=405&mp=256

2　南国的太陽—曾貴海医師サイト
http://library.taiwanschoolnet.org/cyberfair2001/C0111830011/index.htm

曾貴海（そう・きかい）

1946年、屏東県佳冬郷生まれ。医者で詩人。これまで衛武営公園促進会会長、鍾理和文教基金会董事長（代表取締役に相当）、詩のサークル「笠」会長、台湾ペンクラブ理事長、台湾南社の部長などを歴任。大学時代に詩のサークル「阿米巴詩社」を創設、長年にわたり環境保護と社会運動に関与してきた。1982年に葉石涛、鄭炯明、陳坤崙などと雑誌『文学界』を創刊。1991年には『文学台湾』を創刊し、社長に就任する。呉濁流新詩賞、頼和医療服務賞、高雄市文芸賞、台湾文学家牛津賞、客家終身貢献賞、台湾医療典範賞などを受賞。

曾貴海の詩はこの社会と土地の詩であり、民族や言語を越えて、多様な作風を見せる。また台湾のポストコロニアル的な歴史や政治に対して深い思惟や批判がなされている。著作は『高雄詩抄』、『南方山水的頌歌（南方山水の讃歌）』、『原郷・夜合』、『孤鳥的旅程（はぐれ鳥の旅）』、『浪濤上的島国（波の上の島国）』、『湖濱沈思（湖浜沈思）』、『浮游』など十数冊の詩集。エッセイ集は自然環境に注目した『被喚醒的河流（呼び起こされた河）』、『留下一片森林（一片の森を残して）』など。評論集は『戦後反殖民與後殖民詩学（戦後の反植民とポストコロニアル詩学）』、『台灣文化臨床講義（台湾文化臨床講義）』、『曾貴海文論集』などがある。

横路啓子（よこじ・けいこ）

1967年生まれ。輔仁大学日本語文学科主任。日本台湾学会、天理台湾学会等で日台の学術文化交流にも傾注している。主な著書は『戦争期の台湾大学』（致良出版社2011）、『抵抗のメタファー』（東洋思想研究所2013）、『日台間における翻訳の諸相―文学／文化／社会から―』（致良出版社2015）、『〈異郷〉としての日本：東アジアの留学生がみた近代』（共著、勉誠出版社2017）。訳書は『黎明の緑』（共訳、思潮社2003）など。

曾貴海詩選（そうきかいしせん）

客家文学的珠玉 3

2018年6月20日 初版印刷
2018年6月30日 初版発行

著者　曾貴海
訳者　横路啓子
発行者　飯島徹
発行所　未知谷
東京都千代田区神田猿楽町2丁目5-9　〒101-0064
Tel. 03-5281-3751 / Fax. 03-5281-3752
[振替]　00130-4-653627
組版　柏木薫
印刷所　ディグ
製本所　難波製本

Publisher Michitani Co. Ltd., Tokyo
Printed in Japan
ISBN978-4-89642-563-5　C0398